DAS LAND VOR UNS

DAS LAND HINTER UNS

DAVID GUTERSON

* * *

DAS LAND VOR UNS
DAS LAND HINTER UNS

ERZÄHLUNGEN

Aus dem Amerikanischen
von Christa Krüger

BERLIN VERLAG

Die Originalausgabe erschien 1989 unter dem Titel
The Country Ahead of Us, the Country Behind
bei Harper & Row in New York

Schutzumschlag: Nina Rothfos und Patrick Gabler, Hamburg
Gesetzt aus der Janson
Druck & Bindung:
Franz Spiegel Buch GmbH, Ulm
Printed in Germany 1997
ISBN 3-8270-0223-0

Gedruckt auf chlor- und säurefreiem Papier

INHALT

SCHNEE-ENGEL

Heiligabend waren wir bei meiner Schwester, Feuer im Kamin, Kerzen am Baum, Weihnachtslieder auf der Stereoanlage. Draußen vor dem Fenster trieb leichter Schnee. Eiszapfen hingen von den Dachrinnen, und das Gras im Garten sah aus wie gepudert. Bis zum Morgen würde alles weiß sein.

Meine Schwester hatte die Kinder ins Bett geschickt, und Larry, ihr Mann, füllte vier Gläser mit Champagner.

»Glück und langes Leben«, sagte er. »Fröhliche Weihnachten.«

Das alles ist noch nicht mal ein Jahr her.

Cora, ich, Larry, meine Schwester, wir saßen zusammen und unterhielten uns zuerst über ganz alltägliche Dinge: die Arbeit, Autos, Häuser, Kinder – ich weiß es nicht mehr genau, es war nett. Aber dann sagte Larry, weil meine Schwester ihn gefragt hatte: »Weihnachten auf Okinawa? Du willst wissen, was wir gemacht haben? Wir haben uns vollaufen lassen und sind ins Bett gefallen. Einfach umgekippt. Das war Heiligabend. Am Ersten Weihnachtstag haben wir gebackenen Schinken gegessen. Haben Aspirin geschluckt. Wir haben zu Hause angerufen. Irgend jemand am anderen Ende der Leitung schrie dir ins Ohr: ›Fröhliche Weihnachten.‹ Du hast gewartet, bis das Echo im Apparat nachließ, und hast zurückgebrüllt: ›Fröhliche Weihnachten!‹ Du hast aufgehängt und warst wieder in Okinawa, es war Donnerstag, und alle hatten einen Kater.«

»Klingt toll«, sagte meine Schwester und küßte ihn aufs Kinn. »Und wie war das mit den japanischen Nutten?«

Larry nippte an seinem Champagner und schmunzelte. Er war ein kräftiger Mann Anfang dreißig, mit breiten Händen, aber keineswegs schwerfällig, viel Haar auf dem Kopf. Meine Schwester machte sich immer über ihn lustig, stellte ihn hin, als könnte er nicht bis drei zählen, aber Larry nahm das mit Humor, als harmlosen Spaß, als ihre Art, ihm zu zeigen, daß sie ihn trotz allem liebte.

Larry sagte: »Heh. Und wenn schon? Eine Hure war wie ein Weihnachtsgeschenk, das man sich selbst bescherte.«

Wir lachten darüber und waren dann alle still, bis meine Frau das Schweigen brach und mich fragte, ob ich je mit einer Prostituierten geschlafen hätte.

* * *

Ich erzählte ihnen, daß wir mal nach Las Vegas gefahren waren, die ganze Geschichte erzählte ich ihnen damals, an diesem Heiligabend. Meine Schwester erinnerte sich auch noch daran – ein Familienausflug am Memorial Day-Wochenende. Mein Vater arbeitete für eine Versicherungsgesellschaft, und die veranstaltete eine Konferenz in Las Vegas.

»Sechzehn Jahre jung, und drei Tage im Sündenbabel«, sagte Larry und schmunzelte.

»Aber so war's nicht«, sagte ich. »Überhaupt nicht.«

»Und wie war's dann?« wollte Cora wissen. Also habe ich den dreien die ganze Sache erzählt, und das war ein Fehler.

Wir fuhren runter, sagte ich. Wir nahmen zwei Zimmer in einem Motel am Ende des Strip, draußen am Stadtrand; hinter dem Schwimmbad nur noch Wüste, trockene Sträucher und Stacheldrahtzäune. Eine ruhige Umgebung, heiß und staubig, das Haus klimatisiert, Zigaretten- und Limo-Automaten in allen Fluren. Um zehn Uhr morgens kam ein Zimmermädchen und räumte auf.

Meine Eltern gingen zu Shows in Nachtclubs, zu Verabredungen, in Kasinos, vielleicht zum Einkaufen, jedenfalls waren sie nie da. Sie ließen uns Geld für Hamburger da und Telefonnummern. Was haben sie erwartet? Was haben sie sich gedacht? Meine Schwester schmierte sich mit Sonnenöl ein und döste den ganzenTag am Swimmingpool. Ich schwamm Bahnen. Ich wollte mir für alle Zeiten Kondition antrainieren. Die anderen Gäste hingen herum, und ich schwamm wie wild, übte Brustschwimmen und Rückenschwimmen. Im Zimmer machte ich Gymnastik vor der Klimaanlage: aus der Rückenlage zum Sitzen hochkommen. Im Spiegel sah ich mir meine Muskeln an. Ganz unten im Koffer hatte ich ein *Playboy*-Magazin. Darin waren Fotos von Raquel Welch. Raquel mit Pailletten. Raquel unter der Dusche. Raquel in Mexiko am Strand.

»Raquel Welch«, sagte ich letzte Weihnachten zu den anderen. Ob das vielleicht ein Fehler war? Habe ich damit was falsch gemacht? »Es muß ein *Playboy* gewesen sein«, sagte ich. »Genau weiß ich es nicht mehr.«

»Das Zeug liest er immer noch«, sagte Cora.

»Nicht wirklich«, sagte ich. »Nur ab und zu vielleicht.«
»Ach komm, John«, sagte Cora.
»Was soll das heißen?« fragte ich.
»*Nichts* soll das heißen«, sagte meine Schwester. »Jetzt fangt nicht an zu streiten.«
»An Weihnachten sowieso nicht«, sagte ich. »Es ist Heiligabend.«
»Aber genau«, sagte Larry. »Friede auf Erden, den Menschen ein Wohlgefallen und Champagner.«
Er schenkte mir nach, grinste, amüsierte sich. »Es ist ein Ros entsprungen«, kam aus der Stereoanlage.
»*Manchen* Menschen jedenfalls«, sagte Cora. »Wohlgefallen ist keine Einbahnstraße.«
»Herrgott«, sagte ich, »halt doch den Mund!«
»Sag ihr nicht, daß sie den Mund halten soll«, sagte meine Schwester. »Das macht alles nur noch schlimmer.«
»*Sensibel* muß man sein«, warf Larry augenzwinkernd ein. »Das ist es heutzutage.«
»Also Las Vegas«, sagte ich. »Laßt mich doch mal *zu Ende* erzählen.«

* * *

Ich schwamm Bahnen im Schwimmbecken, sagte ich. Ein heißer Tag, dreiunddreißig Grad. Hin und her, auf und ab, Rollwenden, chloriertes Wasser schwappte mir in die Schwimmbrille. Meine Schwester hatte sich die Haare zum Knoten gedreht und lag auf dem Rücken, regungslos wie eine eingeölte Barbiepuppe. Vier bis fünf Leute saßen in Liegestühlen herum, tranken Limo aus Dosen und rauchten Zigaretten. Klimaanlagen tröpfelten, ein Radio spielte, das Zimmermädchen rollte die Karre mit ihren Putzmitteln von einem Zimmer zum anderen.

Ich stand im flachen Wasser. Das Zimmermädchen war gar nicht schlecht. Sie hatte eine Uniform an, so ähnlich wie eine Krankenschwester. Zwei Frauen lagen auf dem Bauch auf Sonnenliegen. Die eine hatte den Haken an ihrem Bikinioberteil gelöst. Die andere hatte ein Bein nach oben abgewinkelt und malte mit den Zehen Kreise in die Wüstenluft. Ein Mann saß lesend am anderen Ende des Schwimmbeckens, er saß auf einem Handtuch, seine Glatze war sonnenverbrannt, seine Brustpartie sank welk herab. Neben dem Sprungbrett saß ein Mann mit spiegelnder Sonnenbrille im Liegestuhl, er sah aus, als wäre er breiter als hoch, mit den Fingern zwirbelte er die silbergrauen Haare auf seiner Brust zu Löckchen, eine Hand wog gedankenverloren seine weichen formlosen Brüste.

Ich fing wieder an zu schwimmen – einer von den Halbwüchsigen, die mit leidenschaftlicher, andächtiger Routine gegen Langeweile und die Gefahr des Alterns angehen. Hin und her, auf und ab im Schmetterlingsstil, Fußschlag und wirbelnde Arme – da schwebte ein Zimmerschlüssel in die gelbe Welt, die meine Schwimmbrille mir vor die Augen zauberte.

»Ein sechzehnjähriger Gigolo«, unterbrach Larry. »Das hab ich kommen sehen, John.«

* * *

Meine Schwester hatte Kastanien von Safeway geröstet, mit geschmolzener Butter übergossen und mit Salz bestreut. Die aßen wir jetzt. Wir tranken den Champagner

und knackten die Schalen. Larry blies ein paar heruntergebrannte Kerzen am Weihnachtsbaum aus.
Draußen war der Rasen inzwischen ganz zugeschneit. Die Welt sah still, zart und wunderschön aus.
»Ein Zimmerschlüssel?« sagte Cora. »Ist das wahr?«
Ich erzählte weiter: Der Schlüssel im Schwimmbecken gehörte dem dicken Mann. Er winkte mich zu sich, als ich mit dem Schlüssel auftauchte.
Ich schwamm auf ihn zu. Ich blickte hoch und sah in seiner Sonnenbrille mein Gesicht, mit einer Nase wie eine Glühbirne. Er hatte einen komischen Haarschnitt, die Haare kurz, ölig und gerade in die Stirn gekämmt wie ein römischer Soldat in einem Fernsehfilm.
Ein fetter Kerl mit Nylonbadehose, Armbanduhr, schwarzen Ledersandalen.
»Hör mal«, sagte er und beugte sich zum Wasser herunter. »Nimm den Zimmerschlüssel, geh rein und amüsier dich. Da ist ein Mädchen, die wartet auf dich, große Titten, eine Bombe.«
»Das glaubst du doch wohl selber nicht«, sagte meine Schwester.
Aber Cora sagte nichts. Sie wartete, wie die Geschichte weiterging, wartete mit zusammengepreßten Lippen auf den Rest.

* * *

Ich sagte nein danke, und legte den Schlüssel auf den Boden neben die Sandalen des dicken Mannes.
»Zimmer 201«, sagte der Mann. »Falls du dir's anders überlegst, da findest du sie.«

Was hatte das zu bedeuten? Ich stand auf, trat in meine Sandalen, nahm mein Handtuch und ging rauf in unser Zimmer. Warum? Das fragte ich mich. Was sie wohl kosten würde? Ging es so bei den Prostituierten zu? War der Dicke ein Zuhälter? Ich kam mir vor, als sei ich mit der zwielichtigen, schäbigen Seite der Welt in Berührung geraten. Meine Schwester kam herein, duschte, zog sich an, schminkte sich. Sie war jünger als ich: fünfzehn.

Am Abend aßen wir in einem Lokal namens »Sir Steak's«, auf unserer Straße, fünfhundert Meter vom Motel, Richtung Stadt. Meine Mutter und mein Vater wollten sich Mitzi Gaynor ansehen. Meine Schwester las Frauenzeitschriften. Ich saß eine Weile herum, machte dann einen Spaziergang. Zuerst ging ich in die Wüste, trank eine Pepsi und sah mir die purpurfarbenen Schatten der Bergkette an. Dann fuhr ich mit einer undefinierbaren Erregung im Bauch mit dem Bus in die Stadt.

Sie war genau so, wie immer erzählt wird. Alte Damen wedelten mit Kasino-Gutscheinen. Busladungen voller Spieler. Betrunkene torkelten über die Bürgersteige. In Neonlicht getauchte Heiratspaläste. Münzen rasselten aus Spielautomaten heraus.

Sechzehn, allein und zum ersten Mal in meinem Leben in Vegas.

Ich ging durch Glitter Gulch, das Zentrum von Vegas. Ich stand vor dem Golden Nugget und sah hinein. Ich sah ein Rexall Drugs, geschlossen, einen Neoncowboy auf dem Dach eines Gebäudes, ein goldenes Hufeisen schwebte in der Luft. Ich saß in der Lobby des MGM Grand Hotels und hoffte, Tom Jones oder Frank Sinatra zu sehen. Tausende

von Autos, Tausende von Menschen, alle in Eile, alle irgendwohin unterwegs, zu Orten, von denen ich nichts wußte.
Ich schlenderte herum. Ich holte mir eine Pepsi aus einem Automaten. Beobachtete Leute, die in einem Park Softball spielten. Nachtfalter torkelten im Flutlicht. Ich aß einen Beutel Kartoffelchips, pinkelte hinter einem Busch. Ich kaute Kaugummi und ging an den Kasinos vorbei. So viele hübsche Mädchen waren in Las Vegas unterwegs, nicht zum Aushalten, ich wäre fast gestorben.
Das habe ich ihnen zumindest erzählt. Eine vom Champagner inspirierte Wahrheit.

* * *

»Er guckt sich immer noch nach jeder Frau um«, sagte Cora. »Las Vegas braucht es gar nicht zu sein.«
»Na und, wer macht das nicht?« sagte Larry. »Nenn mir einen Kerl, der immun dagegen wäre.«
»John bestimmt nicht«, sagte Cora. Sie schälte eine Kastanie mit dem Fingernagel. »John hat einen regelrechten Gummihals.«
»O Himmel«, sagte ich. »Hör auf!«
»Ist doch wahr«, sagte Cora.
»Okay, es ist wahr«, sagte ich.
Meine Schwester boxte mich auf den Oberarm. »Wollt ihr zwei wohl aufhören?« sagte sie.
»Das Christkind in der Krippe und alles«, sagte Larry. »Schluß jetzt, ihr beiden.«
»Es *ist* wahr«, sagte ich. »Mein Hals ist aus Gummi.« Ich zog den Kragen auf, damit sie es selbst sehen konnten. »Cora kennt mich, sie hat schon recht.«

»Zum Teufel mit dem Unsinn«, sagte Larry.
»Zum Teufel womit?« sagte ich.
»Du bist schon in Ordnung«, sagte Larry.
»Ich weiß«, sagte ich.
»Der hat sogar Augen im Hinterkopf«, sagte Cora. »Überall quellen ihm Augen raus, am ganzen Körper.«
»Solange es nur die Augen sind«, sagte meine Schwester. Sie beugte sich vor, sagte es noch einmal nachdrücklich. »Mein Gott, gucken tut doch *jeder.*«
»Und damit hört es dann auch auf«, fügte Larry hinzu. »Jeder guckt, aber nicht jeder *tut's.*«
»Das stimmt«, sagte ich. »Cora.«
»Erzähl deine Geschichte zu Ende«, sagte sie.

* * *

Las Vegas lag hinter mir. Ich machte mich zu Fuß auf den Rückweg zum Motel, schwitzte, erwischte dann einen Bus. Alles war ganz flach, es roch nach Wüste. Nur die zarte Purpurfarbe der Bergketten hob sich ab. Eine heiße Nacht, schwül und windstill.
Große Titten. Eine Bombe. Ich fing an, mir das auszumalen. Ich faßte einen Entschluß: das *Playboy*-Heft aus dem Koffer holen, in die Wüste wandern, die Bilder von Raquel Welsh angucken und unter den Sternen onanieren.

* * *

Statt dessen ging ich die Treppe zum zweiten Stock des Motels hinauf. Ich wollte nur mal durchs Fenster schauen, wenn sich das machen ließ – nur mal eine Ahnung davon bekommen, wie sie aussah.

»Ganz schön sexy, John«, sagte Larry und füllte mir das Glas wieder nach.
Die Vorhänge waren fest zugezogen. Ich stand da und horchte. Ich war wohl zu zappelig, denn auf einmal ging die Tür auf. Sie haben mich wohl am Fenster schnaufen hören.
Es war der Dicke. »Schön, daß du gekommen bist«, sagte er. Er trug Safarihosen, ein buntbedrucktes Hawaiihemd, offen bis zum Nabel, sein behaarter Bierbauch quoll heraus. Seine kleinen Zähne sahen weiß und vollkommen regelmäßig aus. »Komm rein und trink was mit uns«, bot er an.
»Entschuldigung«, erklärte ich. »Ich hab mich geirrt.«
Der Dicke zeigte mit dem Daumen auf die Zimmernummer an seiner Tür.
»Zimmer 201«, sagte er. »Das hast du doch gesucht, deshalb bist du gekommen.«

* * *

Sie sah aus wie die Mädchen bei uns in der Schule. Mädchen, die niemand ansah. Niemand nahm sie wahr. Ich dachte, vielleicht stimmt ja mit mir was nicht, vielleicht habe ich die Mädchen nicht richtig angeguckt. Dieses Mädchen war auch so: schlank, mit langem glattem Haar. Sie saß mit einem Cocktail in der Hand in einem Sessel und wirkte sehr ruhig und kontrolliert. Ein dünnes Mädchen, höchstens zwanzig Jahre alt, mit einem Top und roten Kordhosen, ihr brauner Nabel das Zentrum des Ganzen.
»Das ist Suzette«, sagte der Dicke. »Ich bin Don. Du schwimmst verdammt gut. Unglaublich.«

Ich konnte kein Wort herausbringen. Alles, was ich vielleicht zu sagen gehabt hätte, war mir entglitten, ich wußte weder wo ich war noch wie ich hierhergekommen war. Als hätte ich plötzlich die Grenzen meines bisherigen Lebens überschritten. *Don and Suzette*, sagte ich mir. *Namen aus einem Pornofilm.*

»Stellt euch vor, ich hab das alles verpaßt«, sagte meine Schwester.

»Laß ihn zu Ende erzählen«, sagte Cora.

Ich sah Larry zu, wie er eine Kastanie schälte. Das Feuer im Kamin war heruntergebrannt, nur orangefarbene Kohlen glommen noch vor sich hin. Die Schneeflocken draußen vor dem Fenster wirkten jetzt größer, die Straße war mit einer dünnen weißen Schicht bedeckt. An einer Ecke des Rasens bildete sich eine kleine Schneewehe – morgen würden die Kinder sich hineinlegen und Schnee-Engel machen.

»Mehr kann man nicht verlangen«, sagte meine Schwester glücklich. »Richtiger Schnee zu Heiligabend.«

Ich erzählte ihnen, was dann passierte. Suzette stand mit dem Glas in der Hand auf. »Entspann dich«, sagte sie zu mir.

»Ich weiß nicht, ob ich das kann«, antwortete ich.

»Doch, das kannst du«, sagte sie. »Es ist ganz einfach.«

Sie kam näher und küßte mich. Ich spürte ihre Zunge im Mund, den Druck ihrer Brüste, ihr Haar an meiner Wange. »Don?« sagte sie dann.

Ich sah auf: Der dicke Mann hatte sich das Hemd ausgezogen und ließ die Hose fallen, trat am Rand des Bettes aus ihnen heraus, er war nackt, weich, silbrig und haarig, hatte nichts mehr an als seine Armbanduhr.

»Ich möchte nur zusehen«, sagte er leise zu mir. »Bitte – du brauchst keine Angst zu haben.«
»Er guckt gerne zu«, erklärte Suzette.
»Ich bezahl dich«, sagte Don. »Kein Problem.«
Suzette nahm meinen Kopf zwischen die Hände und küßte mich auf die Wange – glitt mit der Zunge über meine Haut, es fühlte sich an wie eine Libelle. Ich war wie erstarrt. Suzette legte die Finger auf meinen Hemdknopf. Sie sah mir unverwandt in die Augen.
»Hab keine Angst«, sagte sie zu mir. »*Bitte.*«
Don hatte sich auf einem Sessel niedergelassen. Ein Tränenschleier stand vor seinen Augen.
»Hab keine Angst«, wiederholte Suzette.
Sie küßte mich wieder, knöpfte mir das Hemd auf. »Entspann dich«, redete sie mir zu. »Genieß es.«
Ich kam da irgendwie raus. Ich weiß nicht, wie. Ich weiß nur, daß ich mich in einem Flur wiederfand, an eine elektrische Eismaschine gelehnt.
»Buuh«, sagte Larry. »Ach komm! Ich war mir *sicher,* daß du mit ihr im Bett landen würdest, John.«
Ich sagte: »Um deine Frage zu beantworten, Cora, das ist alles; näher bin ich Sex mit einer Prostituierten nie gekommen.«

* * *

Aber als wir zum Schlafen hinaufgingen, redete sie nicht mit mir und sah mich auch nicht an.
»Was ist denn?« sagte ich.
»Du«, flüsterte Cora.
Ich wußte nicht, was das heißen sollte. Also fragte ich sie.

Cora lag im Nachthemd auf dem Bett und redete an die Decke, in die Dunkelheit. »Du bist vom *Sex* besessen«, sagte sie. »Weißt du, was ich meine? Weißt du, was mit dir los ist? Was hat dich überhaupt dazu gebracht, zu dem Zimmer in dem Motel raufzugehen? Kannst du mir antworten, ohne mich, ohne uns anzulügen?«

»Ich war sechzehn«, sagte ich vorwurfsvoll.

»Sechzehn«, antwortete sie. »Das ist eine Lüge. Sechzehn – das erklärt gar nichts.«

»Ich bin doch weggelaufen, oder etwa nicht? Bevor irgendwas passiert ist. Ich bin doch rausgelaufen!«

»Du warst eben jung. Das hast du gerade gesagt.«

Sie schlug mit der Handfläche auf die Matratze, wandte sich ab, sah zum Fenster hinaus, wo der fallende Schnee einen leichten Vorhang vor der Dunkelheit bildete. »Was würdest du *jetzt* tun?« fragte sie. »Die Antwort weiß ich, du brauchst gar nichts zu sagen.«

»Ich wär gar nicht erst da raufgegangen«, sagte ich.

»Das ist gelogen«, sagte Cora.

»Warum sollte ich lügen?«

»Weil du das immer tust. Und es nie zugibst. Das ist das Schäbige an dir.«

Sie stützte den Kopf in die Hand, als ob sie im Bett ein Buch läse, und starrte in den Schnee vor dem Fenster. Ihr Haar – ich weiß noch, daß ich dachte, wegen ihres Haares hab ich sie geheiratet –, schweres schwarzes Haar.

»Es ist eine Lüge«, sagte sie. »Sechzehn – das erklärt gar nichts. Ich weiß, wer du bist, John, besser als du selbst. Ich weiß, wie es in dir aussieht, immer und überall, wo wir sind.«

»Cora«, sagte ich. Aber dann konnte ich kein Wort mehr sagen. Ich wußte ja, wovon sie sprach. Ich wußte genau, was es war. Ich kannte dieses Ding in mir, auf das sie mich stieß. Ich log. Ich log sie an, obwohl es Weihnachten war. Ich wollte ihr nicht erzählen, wo ich gewesen war und was ich gewesen war, obwohl sie es im Grunde schon wußte. Sie *fühlte* es; ich hatte es um mich wie einen Geruch. Aber es war einfacher so – dazu entschied ich mich in dem Moment –, einfacher, alles auf sich beruhen zu lassen, statt darüber zu reden, also log ich. Es war eine gute Gelegenheit, die Wahrheit zu sagen, mag sein, aber ich log, weil es einfacher war. Ich sagte: »Ich war doch noch so jung. Das hat nichts mit mir zu tun, mit mir heute. Ich bin erwachsen. Ich bin ein anderer Mensch.«

* * *

Am nächsten Morgen war die Welt weiß und zerbrechlich, die Äste der Fichten bogen sich unter der Schneelast, ein kalter Wind wehte, und die Sonne war strahlend hell. Die Kinder packten ihre Geschenke aus, kreischten vor Freude, wir gingen hinaus und warfen im Garten mit Schneebällen, aßen gut zu Mittag, tranken Rumpunsch, es war alles nur ein Witz gewesen, die Geschichte vergessen, Weihnachten verdrängte alles andere.

Wir machten Schnee-Engel, Cora und ich, zogen die ausgestreckten Arme durch die Pulverschicht, hinterließen Flügel, die vor Neujahr schmelzen würden.

* * *

Was ist passiert? Das frage ich mich oft. Es war eine ganze Kette von Dingen, glaube ich, sie war so lang und so verwickelt, daß nicht mal ich sie entwirren kann. Zuletzt kam die Sache mit der Party bei irgendwelchen Leuten. Ich war im Swimmingpool. Küßte eine Frau im flachen Wasser. Wir hatten beide noch unsere Kleider an, weitgehend. Ich war zu betrunken. Danach war Cora fort.

DER ERSTE TAG

Den Morgen erwarteten wir in einem tristen kleinen Motel, in dem man die Jäger förmlich riechen konnte. Ich lag auf meinem Bett und lauschte den vagen Geräuschen aus dem Nachbarzimmer – Fremde spielten einsame Kartenrunden –, bis ich schließlich aufhörte, auf die Uhr zu sehen, und in der ersten Morgendämmerung meinen Vater und meinen Sohn weckte. Pop konnte sich zuerst weder umdrehen noch aufsetzen; er hustete rasselnd und hatte wenig Lust, den Frühaufsteher zu spielen: Alles tue ihm weh, es habe keinen Sinn, so zu tun, als wäre das nicht so. Aber Sean gähnte und riß sich kurz entschlossen aus seinen Träumen, sprang aus dem Bett, schoß ins Bad und ließ sein Nachtwasser laut plätschernd ab, kam zurück, lehnte sich lässig in die Motelkissen und stopfte Munition in die Taschen seiner Jacke. »Komm schon, Pop«, sagte er. »Auf geht's.«
Pop knurrte, blinzelte und tastete nach dem Glas mit seinem Gebiß, sagte brummig aus dem Mundwinkel: »Immer langscham, Schohn. Bisch wie dein verdammter Vater. Immer allesch viel schu haschtig.«
Ich schüttelte den Kopf. Sie übertrieben beide ein wenig. »Das ist schon lange her«, rief ich Pop in Erinnerung.

»Außerdem schläft Sean sonst morgens so fest, daß man Dynamit braucht, um ihn hochzujagen.«

Pop schob sich das Gebiß in den Mund. »Noch gar nicht so lange her«, sagte er, während er prüfte, ob die Zähne richtig saßen, man sah, wie der Kiefer mahlte und die langen Kerben in seinen Wangen tiefer wurden. »Wo kriegen wir Frühstück?«

Wir fuhren durch eine stille, frostige Dunkelheit; die mit Salbei bestandene Steppe fing gleich hinter der Straßenböschung an. Überall vor den herbstlichen, schamlosen Motels an der Straße luden Jäger auf Parkplätzen im Scheinwerferlicht der Autos ihre Ausrüstung ein, Atemwolken quollen ihnen aus dem Mund. Hunde umkreisten die Autos, kahle Zäune versperrten leere Swimmingpools, die letzten Blätter hingen noch an den Weiden, der Geruch der in einiger Entfernung liegenden Schlachthäuser hing in der Luft, Neonleuchten brannten unter einem leeren Himmel. »Was haben wir vergessen?« dachte Pop laut vor sich hin. »In der Steppe gibt's keinen Supermarkt.« Alle Geschäfte hatten zur Eröffnung der Jagdsaison schon um vier Uhr morgens auf, kleine anheimelnde Lichtinseln am Rand des Moses Lake, und boten das an, was man in letzter Minute brauchte. Fern im Westen, gegen die dunklen Berge und unser Zuhause hin, zog sich über den ganzen Horizont ein lockeres seidiges Wolkenband. Pop machte uns darauf aufmerksam. »Gegen Mittag gibt's Wind«, sagte er voraus. »Könnte helfen.«

Beim Frühstück befanden wir uns in einer Welt, die nur aus Jägern bestand, einige in Tarnfarben, alle sehr darauf aus, das Essen schnell hinunterzuschlingen, die meisten, so schien mir, jünger als ich, aber nicht so jung wie Sean, viele von ihnen trugen eine entschlossene Ruhe zur Schau, die ihr unsägliches Jagdfieber verdecken sollte. Pop bot Sean seine Pfannkuchen drei oder vier Male an, bevor der Junge sie verlegen annahm. »Du brauchst sie«, erklärte Pop. »Iß auf. Na los, Junge.«

»Meinst du wirklich?«

»Wirklich.«

»Behalt die Hälfte.«

»Ich will sie nicht.«

»Aber später kriegst du dann Hunger.«

»Nimm schon.« Pop schob den Teller mit dem Messer weg. »Jetzt iß sie schon auf. Nur zu.«

Er beobachtete Sean mit unverhohlenem Vergnügen: ein gesunder Appetit war etwas, was er unter allen Umständen hochschätzte. Sean hielt die Gabel zwischen seinen kräftigen Zähnen, um die Hände frei zu haben, und ertränkte die Pfannkuchen in warmem Ahornsirup.

Pop hatte seine Pfeife angezündet und ließ sich von der Kellnerin die Thermoskanne mit gezuckertem Kaffee füllen. Als wir hinausgingen, war der kleine Vorraum voller Jäger, und auf dem Parkplatz waren noch mehr, sie rückten die Mützen zurecht und redeten ihren Hunden gut zu. »Riechst du den Wüstensalbei?« sagte ich zu Sean. »Das ist der stärkste Geruch hier draußen. Er ist überall.«

»Manche Stauden leben hundertfünfzig Jahre«, sagte Pop nachdenklich. »Den Salbei, den du riechst, hat schon Häuptling Joseph gerochen.«

»Riecht gut«, sagte Sean. »Nichts wie hin.«

Ich fuhr auf die Dodson Road. Steppe zur Linken, bewässerte Weizenfelder zur Rechten unter einem kalten Sternenhimmel. Wo die Straße den Fluß kreuzte, wurden Kanus zu Wasser gelassen. Die Parkplätze, an denen wir vorbeikamen, waren voller gerade aufgestandener Jäger, Campingwagen, Pick-ups, Wohnwagen, Lampenlicht hinter Gardinen. Ein paar Schatten irrten in der Ferne schon mit schwankenden Taschenlampen durch die Steppe. Der Herbstweizen war abgeerntet, aber die Stoppeln standen noch hoch genug, um den Vögeln Schutz zu bieten; in solchen Feldern liefen sie vor einem her und flogen erst auf, wenn ihnen nichts anderes übrigblieb. »Menge Korn hier«, stellte Pop fest. »Das warme Wetter hat dem Weizen gut getan.« Wir kamen an einer einzelnen Spießente vorbei, die sich auf einem kleinen Teich niedergelassen hatte. »Dafür haben die noch ungefähr anderthalb Stunden Zeit«, sagte Sean und wandte den Kopf, um sie zu beobachten, als wir vorbeifuhren.

Wir parkten an einem Gatter und teilten die Lockenten unter uns auf. Pop kam mit seinem Satz Enten nicht zurecht; Sean hielt ihm eine Weile die Lampe, während er sich das Gepäck langsam auf den Rücken lud, den Rucksack und die Riemen aus Manilahanf für die Lockenten, dieselbe Ausrüstung, die er nun schon gut fünfzig Jahre für die Jagd benutzte. Wir nahmen unsere Gewehre, ich drückte den Stacheldraht neben dem Gatter herunter, und wir stiegen über den Zaun in die Steppe und folgten der Doppelspur eines alten Viehweges.

»Der Trail wird jedes Jahr schlechter«, sagte Pop. »Gibt kein Vieh mehr.«

Sean sagte: »Wir brauchen doch gar keinen Trail hier

draußen. Man kann doch einfach in Luftlinie auf den Fluß zulaufen.«

»Das Dumme ist nur, daß ich nicht durch die Luft fliegen kann. Ich hab immer Sand in den Stiefeln«, sagte Pop.

Nach ein paar hundert Metern verlor Pop seine Enten; sie lösten sich ohne Vorwarnung von seinem Rücken und plumpsten ins Steppengras. Wir warteten, bis er sie umständlich wieder umgeschnallt hatte, Sean bohrte den Stiefelabsatz in den Sand und spielte mit den Patronen in seiner Jackentasche. Ich war zu warm angezogen und schwitzte schon, also knöpfte ich die Jacke auf und nahm die Mütze ab. Wir drei wanderten durch Sternmiere und Fingerhirse. Der Horizont war schon nicht mehr schwarz, sondern zartrot, als Pop auf die ersten Vögel des Morgens wies, die sich als Silhouetten vor dem Himmel abzeichneten: ein Zug Stockenten, elf oder zwölf, Richtung Nordwesten. »Die kommen von den Seen im Süden«, erklärte er uns, während er mit den Augen ihrem geschmeidigen Auf und Ab folgte. »Die wollen einfallen.«

»Kommt, wir müssen weiter«, sagte Sean. »Nun kommt doch.«

Er ging voraus. Pop und ich blieben eine Weile sitzen, mit den Rucksäcken an einen kleinen Sandhügel gelehnt.

»Wie geht's dem Knie? Macht es dir zu schaffen?«

Pop rieb ein-, zweimal an der Außensehne entlang. »Es geht. Noch geht's.«

Wir gingen auf einer kleinen Sandrippe und bildeten uns ständig ein, Fasanen im Salbei rascheln zu hören. Wir kletterten über eine schwarze Düne, arbeiteten uns zu einer Geländemarkierung hinab, gingen dann zwischen zwei

sumpfigen, schilfbestandenen Teichen hindurch, wo wir im Laufe der Jahre immer mal wieder eine gute Strecke erlegt hatten, indem wir uns trennten und jeder für sich die flachen Stellen am Rand des Wassers durchkämmte. Pop hatte hier viele gute Tage erlebt; ich hatte ihn mehr als einmal einen Dreier schießen sehen. Mir fiel der Schof wieder ein, der vom Südteich aufgeflogen und auseinandergestoben war; zwanzig Jahre war es her, und damals hatte Pop in schneller Folge einen Vogel rechts und einen links getroffen und dann zum Schluß mit einem Schuß im Abstreichen unglaublicherweise einen dritten erwischt. Ich fragte mich, ob er das noch wußte. Oder ob all die Enten und sogar die Jagden im Hochland in seinem Gedächtnis verblaßten.
Es war jetzt hell genug, um ohne Taschenlampen zu gehen. Eine Formation Wildgänse, gebrochene V-Linien, rauschten dreihundert Meter über uns im Halbdunkel vorbei. Ganz gleich, wie oft man sie schon im Flug gesehen hatte, ihre Geschwindigkeit, die Harmonie ihrer Zielstrebigkeit, die eindrucksvolle Höhe, der schwache, aber hörbare rauhe Ton aus fünfzig Kehlen – immer wieder pochte einem bei diesem Anblick das Herz. Gebeugt unter seiner Last, beobachtete Pop sie auch. Ich konnte ihn atmen hören. Wir überquerten die letzte schwarze Düne nebeneinander, langsam, und dann blieben wir stehen und schauten über den Fluß.
»Da sind wir«, sagte Pop. »Verdammt.«
Sumpfgras, goldene Rohrkolben, kleine graue Teiche, so weit das Auge reichte. Nach Osten dehnte sich unendlich weit die Steppe. Während wir noch schauten, fiel ein Zug Krickenten ein, genau an der Stelle, wo wir so viele Jahre

lang unseren Ansitz gehabt hatten. Wir hörten Schüsse, die ersten des Tages, eine Krickente stürzte wie ein Stein herab, und gleich darauf kamen Schüsse aus allen Richtungen.

»Wir sind etwas spät dran«, sagte ich. »Die Saison ist eröffnet.«

»Was ist denn mit Sean?«

»Der zieht sich die Wathose an.«

»Das Flußbett wandert jedes Jahr ein Stück weiter raus. Gräbt sich auch immer tiefer ein.«

»Wir können uns einen Ansitz auf dieser Seite suchen, Pop. Kein Grund rüberzugehen.«

Wir suchten uns eine Stelle, wo das Riedgras wie eine Landspitze ins Wasser ragte, und kämpften uns in die Wathosen. Sean hatte seine Sachen unter eine Dornweide gelegt, ordentlich. »Los«, sagte er. »Kommt.«

Ich überließ ihm die Führung. Wir gingen dicht hintereinander in hüfthohem Wasser, an dem Adlerfarn des Ufers entlang, die Strömung traf uns schräg von hinten. Mit über den Kopf gehobenen Gewehren gingen wir weiter. Man spürte den Druck des Wassers hinten an den Waden und Oberschenkeln. Ich sah zwei Forellen davonschießen, noch lautloser als in einem Traum, den ich einmal gehabt hatte, einem Traum, in dem sich zwei Forellen vollkommen synchron durch Schilf bewegten.

Pop fand einen guten Ansitz für uns – etwas erhöht im Sumpf, genau gegen den Wind, günstige Strömung, dichter Farn; wir verankerten die Lockvögel am flacheren Ende, so daß sie stromabwärts trieben und gut sichtbar waren. Man mußte bis zum Bauch ins Wasser waten, um sie gut zu plazieren, deshalb machte ich das. Pop hatte die

Pfeife angezündet und stand im Schilf; er warf mir die Lockvögel zu; dann verteilten wir uns, hielten etwa zwanzig Meter Abstand zueinander und gingen in Deckung.
Die ersten Enten fielen nach knapp einer Stunde ein; wir hatten von überall um uns herum Schüsse gehört, und jetzt waren wir an der Reihe. Es waren vier Stockenten, unhörbar, weil sie zu hoch über uns kreisten, aus den Weizenfeldern kommend, wo sie in der Nacht unter dem Sternhimmel Nahrung gefunden hatten, und nervös, weil an diesem Tag alle vertrauten Stellen von Schüssen widerhallten. Ich versuchte, sie mit einem Fütterungsruf anzulocken, einer Folge gedämpfter, dumpfer Laute, dann mit dem hart nasalen Ruf der Ente an den Erpel. Sie kreisten zweimal in weiten Bögen, um das hohe Ried nach Norden hin zu prüfen; als sie zum dritten Mal über uns waren, setzten alle vier elegant zum Einfallen an und kamen mit dem Wind herunter. Ich sah, wie sie die Brustfedern aufplusterten; irgend etwas plätscherte bei den Lockvögeln herum. Sean stand auf und erwischte den Leitvogel aus der Nähe mit einem Schuß in den Flügel; ich traf eine nach links abstreichende Ente. Der Aufprall drückte sie von mir weg, sie spreizte noch einmal die Flügel, überschlug sich und stürzte herab. Die beiden anderen Vögel drehten ab und gewannen mit kraftvollen Flügelschlägen schnell an Höhe; Sean verschwendete eine Patrone, als er vergeblich versuchte, den hinteren zu treffen.
»Deine schwimmt«, rief Pop aus seinem Versteck. »Los, Junge. Bring zu Ende, was du angefangen hast.«
Sean schoß auf seinen schwimmenden verwundeten Erpel, wobei er, wie ich fand, etwas peinlich berührt aussah,

und lud sofort nach. Wir ließen die beiden Enten an den Lockvögeln vorbeitreiben, bis sie schließlich gegen das Schilf geschwemmt wurden.

»Kann ich hingehen und sie holen?« rief Sean. »Ich möchte sehen, wie groß meiner ist.«

»Die laufen dir nicht weg«, antwortete Pop. »Laß sie liegen.«

Die Schlacht setzte sich bis in den späten Vormittag fort; ein paar Jäger in der Nähe schossen auf gut Glück auf viel zu hoch fliegende Vögel, und Pop verfluchte sie ein-, zweimal. In einem solchen Schrothagel würden keine Enten einfallen. Ich versuchte, eine versprengte Gruppe Krickenten anzulocken, aber sie ließen sich nicht täuschen und zogen über die Hügel davon. Sonst sah man nur Vögel, die sich verschreckt in großer Höhe hielten.

Um die Mittagszeit bekamen wir dann tatsächlich den Wind, den Pop vorhergesagt hatte, und plötzlich strichen mindestens dreißig Krickenten dicht über dem Wasser an uns vorbei, ein kompakter Schwarm, dunkel und so schnell, daß keiner zum Schuß kam außer Sean, der aber nicht traf. In einer einheitlichen harmonischen Bewegung schwenkte der ganze Zug nach Osten, stieg in einer langen Kette von Silhouetten auf, bis die Entfernung sie mit dem Himmel verschmolz.

»Was war denn mit euch?« fragte Sean.

»Ich hab geschlafen«, sagte ich. »Die kamen zu schnell rein. Ich hab die Flinte gar nicht hochgekriegt.«

»War mit meiner Pfeife beschäftigt«, rief Pop uns zu. »Verdammt.«

Als der Wind nachließ, standen wir auf, um zu Mittag zu

essen. Roastbeefsandwiches und für jeden ein Stück Kuchen. Pop steckte sich die Pfeife an und hielt sich das Knie. Die Sonne stand hoch, und es war warm geworden, schlecht für die Jagd, aber angenehm zur Essenszeit. Wir knöpften unsere Jacken auf und reichten das Wasser herum, es war kalt und schmeckte nach Feldflasche. Pop sah zu, wie Sean über seinen Kuchen herfiel, ich aß meinen und schenkte für alle Kaffee aus der Thermoskanne ein.

»Ich frage mich, ob wir es nicht mal mit dem Streifen versuchen sollen«, sagte Sean. »Vielleicht bringt's das.«

»Lieber nicht rumwandern«, sagte Pop kaffeeschlürfend. »Sonst hält dich so ein Himmelsschütze noch für streunendes Wild und versucht, dir 'ne Ladung Schrot auf den Pelz zu brennen.«

»Da drüben sind Tümpel.« Sean zeigte nach Südwesten. »Da schießt niemand. Den ganzen Tag sind einzelne Vögel da runtergegangen. Die Versprengten sind verwirrt und landen da am Wasserrand. Ich wette, da unten kriegen wir was vor die Flinte. Ich wette mit dir, Pop.«

»Was setzt du?« fragte Pop. »Kann sein, du hast recht, vielleicht auch nicht. Ihr könnt ja schon mal vorgehen und gucken, oder?«

»Zu dritt könnten wir bestimmt was aufstöbern.«

»Das könnt ihr genausogut zu zweit, mein Junge.«

Sean und ich fanden eine ganze Kette von Tümpeln, an denen man entlanggehen konnte, und ich erwischte eine weibliche Stockente, die querab aufflog. Sie hatte Mühe, Höhe zu gewinnen, und gab mir reichlich Zeit zum Zielen und Abdrücken, so daß ich nicht instinktiv feuern mußte. Ich machte alles sehr bewußt und richtig, und das war be-

friedigend. Sie taumelte, eine Federwolke, und dann fiel sie ins Schilf. Ich überließ es Sean, hineinzugehen und sie zu holen.
Wir gingen gut zwei Kilometer durch die Steppe; es waren keine Vögel zu finden, aber das machte nichts. Ich merkte, daß Sean nach Kragenenten Ausschau hielt, obwohl er wußte, daß man sie ohne Hund in der Regel nicht zum Auffliegen bringen konnte. Aber er war eben noch sehr jung, gerade zwanzig.
Schließlich streckten wir uns auf der höchsten schwarzen Düne aus. Von hier aus konnte man den ganzen Fluß überblicken, ein glitzerndes Band mit Sonnenreflexionen und dichten Schilfsäumen, das sich bis an die Saddle Mountains hinzog.
Sean lag, die Hände hinter dem Kopf verschränkt, da und sagte: »Wir kriegen nichts vor die Flinte. Ich hasse lahme Tage. Wirklich.«
»Ist doch schön, einfach nur draußen zu sein«, erinnerte ich ihn.
»Weißt du was? Pop hat den ganzen Tag noch keinen Schuß abgefeuert. Wir sind doch schon lange genug dabei.«
»Er hat im Laufe der Jahre genug geschossen, Sean.«
Sean entlud seine Flinte und pustete Sand von der Patrone. »Trotzdem«, sagte er. Das war alles.
»Er wird schon zum Schuß kommen, bevor wir Schluß machen«, sagte ich voraus. »Das werden wir alle. Heute abend.«
Auf dem Rückweg gingen wir nebeneinander im flachen Wasser am Flußufer entlang, versuchten möglichst lautlos

durch den Farn zu kommen. Ich erinnerte mich, was Pop über das seichte Wasser an einem unruhigen Jagdtag gesagt hatte: Weil sie merkten, wie gefährlich es in der Luft war, blieben die versprengten Vögel in Deckung und flogen nicht auf, bis man fast auf sie trat. Ich überlegte, daß sie, wenn überhaupt, dann nur mit dem Wind im Rücken auffliegen würden, also gingen wir im Zickzack, um den Ufersaum mit dem Wind im Gesicht abzusuchen. Und tatsächlich stieg ein Spießentenpaar auf, und Sean erwischte beide, die eine direkt von vorn, als sie auf ihn zukam, die andere, als sie genau über uns war. Beides waren sehr präzise Schüsse, und er stieß einen Jubelruf aus, als die Vögel heruntergekommen waren, und hielt die Flinte über dem Kopf.

Wir holten die drei Vögel und nahmen auch die beiden früheren mit, die von der Strömung ins Schilf gespült worden waren. Sean hob seine Spießenten hoch, damit Pop sie sehen konnte, und Pop wedelte zur Antwort mit seiner Pfeife über dem Kopf.

Am Spätnachmittag kam wieder Wind auf. Ich blieb bei Pop, um ihn in Bewegung zu halten. Ich wußte, daß er sich in den Farn setzen würde, wenn er müde wurde. »Wo haben wir eigentlich damals unsere Weihnachtsgans geschossen?« fragte er. »Ich mein, es war da unten, in Richtung auf das Staubecken. Kurz vor den Steilhängen da drüben.«

»Das war da hinten. An den beiden zusammenliegenden Tümpeln. Da hinten, wo du die Kuppe siehst.«

Die ersten Schwarzdrosseln waren jetzt auf Nahrungssuche. Erst machten einzelne Paare im Gleitflug Jagd auf Insekten, dann kamen ganze Wolken, sie flogen wellenförmig, synchron wie Fischschwärme. Sie gingen im Sturzflug herunter, vollzogen eine elegante Schwenkung, drehten sich einmal um sich selber, stoben dann in wildem Durcheinander in das Zwielicht des Abendhimmels hinauf. Jetzt tauchten auch wieder Stockenten auf. Ein Paar kreiste einmal, zweimal – weite, auseinandergezogene Spiralen –, fiel dann vor uns ein, so daß wir erst spät zum Schuß kamen, es waren ein Erpel und eine Ente, die flach über die Böschung hereinstrichen, zwei schnelle Schüsse von hinten. Ich überließ Sean den ersten und rief Pop zu, er solle den zweiten nehmen, aber Pop zögerte, und Sean verfehlte seinen; die Vögel warfen sich wild herum, erwischten einen Aufwind und zogen nach oben, und wir hatten nichts vorzuweisen.

»*Achtung*«, rief Sean. »Jetzt kommen sie raus.«

Eine einzelne Stockente strich übers Wasser und setzte über unseren Lockvögeln zur Landung an, da erst schoß Sean auf sie – genau und mit der richtigen Ruhe. Er bewies ausnahmsweise Geduld, fand ich, aber trotzdem schoß er daneben, und sie war immer noch im Gleitflug über dem Schilf, als er sie mit einem zweiten Schuß sauber erwischte. Während er noch nachlud, kam ein Schof von acht Enten, kreiste über dem windabgewandten Ried, drehte ab, als hätten die Vögel aufgegeben, kam dann aber im Bogen zurück. Mißtrauisch kreisten sie noch zweimal, setzten dann unsicher zum Einfallen an, blieben auf zwanzig Meter Höhe und strichen dann niedriger über unsere Deckung hinweg; ich ließ mich rückwärts in den Farn fallen und drückte hastig ab, ohne den Vorhalt richtig zu berechnen, und alle acht waren schnell außer Schußweite.

»Ruf sie!« schrie Sean. »Ruf sie rein!«
Ich ahmte den Fütterungsruf nach, ungeduldig wie ein Junge, denn mir schien, daß dies so kurz vor Einbruch der Dunkelheit unsere letzte Chance des Tages war. Es waren mindestens zwei Dutzend Krickenten, die leicht nach rechts geneigt und langsam herabfallend auf uns zukamen, eng zusammen und schnell, aber schon von weitem anzusprechen, so daß ich Zeit hatte, Pop zu sagen, er solle gleichzeitig mit mir feuern. Als sie jäh gegen den Wind einfielen, wußte ich, daß Sean sich zurückhalten würde; dann waren sie auf dem Wasser, und dann zogen sie mit schlagenden Flügeln und geplusterten Brustfedern wieder von den reglosen Lockvögeln weg, hoben sich in die Luft, flogen aus kleinen aufgewühlten Stellen im Teich auf, von den Schwänzen perlten silbrige Wassertropfen, und ich legte an und schoß vollkommen ruhig. Sean holte mit dem ersten Schuß zwei Vögel herunter, schoß dann aber zu schnell hintereinander, obwohl er Zeit gehabt hätte, und traf beim zweiten Mal nicht, aber ich schaffte mit der Bedächtigkeit, die ich mir in den letzten Jahren zugelegt habe, einen Dreier. Schnell schießen kann ich nicht mehr.
»Sehr gut«, sagte Pop und legte mir die Hand auf den Arm. »Genau so hätte ich es auch gemacht. Wie aus dem Bilderbuch.«
Im letzten Licht zog ich unsere Lockvögel an Land und wickelte ihre Ankerleinen auf, und mein Sohn sammelte die sechs Enten ein, die noch auf dem Wasser trieben. Ich fragte meinen Vater nicht, warum er nicht geschossen hatte, aber Sean in seiner Unbekümmertheit tat es. »Ich hab kein ruhiges Ziel«, erklärte Pop ihm. »Die Saison fängt ja

auch erst an. Ich bin ein bißchen müde, schätz ich. Ich bin noch nicht soweit.«

Aber wir hatten reichlich Vögel, elf an einem Tag; wir waren mit uns zufrieden, es war ein perfekter Tag gewesen. Ich ließ Sean die Vögel tragen; er drapierte sich die Schnur, an die sie gebunden waren, über die Schulter, und ich wußte – und weiß –, wie er sich fühlte, als er mit seiner Last durchs Wasser watete. Pop platschte hinter uns her, seinen Jutesack auf dem Rücken und die Pfeife zwischen den Zähnen. »Wird langsam kalt«, sagte er einmal.

Der Tag kehrte an seinen Anfang zurück; es war wieder dunkel, und wieder wanderten wir, befreit von den Wathosen und mit entladenen Flinten, über Salbei und schwarze Dünen. Sean erklärte Pop, wie er seine Stockenten zur Strecke gebracht hatte, wie die Läufe den auf ihn zukommenden Vogel verdeckt hatten, wie er sich mit dem überfliegenden und aufsteigenden Vogel gedreht und nicht nur vorgehalten, sondern den Schuß nach oben vorgeschwungen hatte. Langgestreckte Gänseformationen zogen über uns hinweg. Die Schwarzdrosseln hatten sich für die Nacht zurückgezogen. Als die ersten Sterne zu sehen waren, begann ein Kojote zu heulen; ich blieb stehen, um ihm zuzuhören, und roch den Salbeiduft; Sean ließ mich in seinen Fußstapfen zurück. Er ging mit den Vögeln über den Schultern weiter, und der Schein seiner Taschenlampe huschte in der Salbeisteppe hierhin und dorthin.

Pop kam angehumpelt, und wir setzten uns. »Das Knie«, sagte er. Ich gab ihm meine Feldflasche; wir ruhten uns schweigend aus. »Da unten«, sagte ich und wies mit dem Finger, »sind die Teiche, an denen du den Dreier bei der

Streifjagd geschossen hast. Am südlichen Teich war es. 1965, glaub ich.«

Pop wischte sich mit dem Handrücken über die Lippen, nickte nur kurz und gab mir die Feldflasche zurück. Aber ich konnte sehen, daß er sich erinnerte.

»Es ist Kinderkram, so was zu ernst zu nehmen«, sagte ich ihm. Ich mußte ihn hochziehen, weil er keine Anstalten machte, von sich aus aufzustehen. Ich hielt mich jetzt hinter ihm. Ich betrachtete seinen Rücken, den Jutesack, sah, wie er sein Knie vorsichtig hob und das linke Bein nicht belastete. Wir rasteten immer wieder. »Verdammter Salbei«, sagte Pop. »Der Duft macht einen irgendwie schwer.«

Ich wußte nicht, was ich sagen sollte. Also sagte ich gar nichts. Wenn jemand Worte für ihn finden konnte, dann ich, aber mir fiel nichts ein, was ich hätte sagen können.

Kurz vor dem Ende unseres Weges kamen wir kaum noch voran. »Wir sind schon an den Bläßhuhnteichen«, sagte ich. »Jetzt sind es höchstens noch zweihundert Meter bis zum Zaun.« Aber wir saßen lange im Sand und schwiegen. Ich konnte sehen, daß mein Sohn die Autoscheinwerfer angeschaltet hatte. »Nur noch ein paar Schritte«, sagte ich zu Pop. »Nun komm.«

»Geh du vor«, antwortete er. »Über kurz oder lang komm ich.«

»Bestimmt?«

»Ich möchte nur noch ein Weilchen hier sitzen bleiben.«

Ich ging voraus und wartete mit Sean. Wir legten die Enten alle nebeneinander auf die Kühlerhaube und betrachteten sie. Die Krickenten hatten glatte Unterdeckfedern am Schwanz; eine Stockente hatte eine so fest gerollte Bürzellocke, wie wir sie beide noch nie gesehen hatten.

»Kein schlechter Saisonanfang«, sagte Sean. »Elf Vögel. Zähl mal.«

Er ließ den Lichtkegel der Taschenlampe immer wieder über sie hinweggehen. »Essen auf dem Tisch«, sagte er. Ich wollte ihm sagen, daß er sich täuschte, daß Essen auf dem Tisch eine kindliche Illusion war, aber ich sagte nichts, weil ich wußte, daß er das sehr bald selbst herausfinden würde.

Endlich war Pop am Stacheldrahtzaun. »In Ordnung«, sagte er fest. »Laßt uns losfahren.«

Er schlief, als wir über die Berge fuhren, schlief dann wieder wie ein Baby, das Kinn auf die Brust gedrückt, nachdem wir in einer Raststätte in Vantage zu Abend gegessen hatten. Sean schlief auch, und ich fuhr allein mit mir und meinen Gedanken über den Snoqualmie-Paß. In achthundert Meter Höhe lag Schnee, aber die Schneepflüge hatten eine Fahrbahn ordentlich geräumt. Und ich folgte ihrer Spur über den Gipfel, während die Scheibenwischer hin- und herschabten und der Defroster mir in den Ohren rauschte. In North Bend schreckte Pop hoch, steckte sich die Pfeife an, setzte sich aufrecht und lehnte den Kopf an das Seitenfenster.

»Was ist denn?« sagte ich.

»Nichts.«

Wir überquerten die schwimmende Brücke und fuhren nach Seattle hinein. Sean wachte auf, rieb sich die Augen und sah auf die regennassen Straßen hinaus. »Wir sind schon wieder zurück«, sagte er. »Mist, Dad.«

»Man kann nicht jeden Tag jagen«, sagte ich.
Als ich dann vor Pops Apartmenthaus hielt, begriff ich sein Schweigen. Ich öffnete die hintere Tür des Wagens und holte seinen Rucksack mit der Wathose, der Thermoskanne und der Feldjacke heraus. Er roch stark nach Salbei, und als ich einen Blick hineinwarf, sah ich die Zweige, die er sich für sein Wohnzimmer gepflückt hatte.
Wir schüttelten uns die Hände, und vieles blieb ungesagt. Mein Vater wollte keine von den Enten; er hatte keine Lust zum Ausnehmen und Rupfen, sagte er. Ich begleitete ihn durch den Flur und brachte ihn in seine Wohnung; Pop humpelte davon und ließ das Badewasser ein.
Als ich wieder neben meinem Sohn im Auto saß und den Wagen anlassen wollte, sah ich, was Pop im Auto gelassen hatte. Der Motor war noch nicht angesprungen, da sah Sean es auch und wandte sich hilfesuchend an mich. »Pops Flinte«, sagte er. »Er hat sie vergessen.«
Ich legte ihm die Hand auf den Arm. Fast hätte ich gesagt: »Geh und bring sie ihm rein«, aber ich tat es nicht, ich unterdrückte es, und wir fuhren los. Mein Sohn sagte kein Wort mehr.

DER TAG DER MONDLANDUNG

Im Sommer 1969 machte sich mein Bruder Harold beim Basketballspiel das Knie kaputt. Eine Weile mußte er an Krücken gehen, danach mit dem Spazierstock meines kurz zuvor gestorbenen Großvaters und schließlich mit deutlichem Hinken, das langsam nachließ, bis alle in der Familie außer mir den Eindruck hatten, er sei ganz wiederhergestellt.

Im Juli dieses Jahres – es war der Sommer der Mondlandung, der Sommer, als ich davon träumte, für die Lakers zu spielen, Jerry West oder Elgin Baylor zu sein – zog unsere Familie von Seaside, Oregon, wo meine Eltern ein kleines, immer sandiges Motel betrieben, in eine neu entstehende Wohnsiedlung im Norden Seattles. Viele der Häuser waren noch unfertig, manche Bauvorhaben nur bis zum Ausschachten eines gähnenden Kraterlochs oder bis zur Errichtung des Fundaments gediehen, manchmal waren die Mauern schon hochgezogen, aber das Dach fehlte, es gab auch Häuser mit halbfertigen Installationsarbeiten, aber noch ohne Strom, oder umgekehrt. Die Häuserzeile auf unserer Seite des Blocks wirkte auf mich wie ein ausdrucksvoller Fries über das Wuchern der Städte. Ich war dreizehn, und wenn ich in diesen unfertigen Häusern herumstrich, empfand ich die beunruhigende Sicherheit, so viele Verstecke zu haben, als könnte ich auf die dunklen Winkel dieser halbfertigen, leblosen Häuser in Zeiten tiefster Not zählen – wenn das Wasser vergiftet war, gestaltlose Feinde auftauchten, Wasserstoffbomben aus dem Himmel über Seattle fielen. Aus irgendeinem Grunde schienen mir diese Katastrophen nahe bevorzustehen.

Auf der Fahrt von Seaside saß ich auf der Rückbank unseres Bel Air und hörte zu, wie Harold die Namen aller Präsidenten bis zum gegenwärtigen, Richard Milhous Nixon, in der richtigen Reihenfolge aufsagte. Daß er das konnte, hatte für mich etwas vage Irritierendes. Als wir noch an Sommernachmittagen Motelzimmer geputzt hatten, war manchmal zu hören gewesen, wie er die Namen der Präsidenten leise vor sich hin murmelte. Damals trieb er mich immer an, damit wir schneller fertig würden. Heute ist Harold Kinderarzt, ein Mann von fünfunddreißig Jahren. Er spricht mit leiser Stimme, und er ist sehr mager und hat das schmale Gesicht eines Auschwitz-Überlebenden – er sieht aus wie eine dieser ausgezehrten Gestalten, die einen von Schwarzweißfotos des Holocaust anstarren, als wollten sie sagen: *Ich lebe noch, aber nur knapp.* Ich denke manchmal darüber nach, wie es für Kinder sein muß, wenn Harold ihnen auf dem schmalen Brustkorb herumklopft – ob dieser Erwachsene Angst oder Vertrauen in ihnen erweckt, ob seine Hände Zuversicht vermitteln oder nicht. Er hat nie geheiratet. Mit fünfzehn, in dem Sommer, als er sich das Knie verletzte, war er in Spielen aller Art enorm ehrgeizig, aggressiv, er konnte nicht verlieren. In seiner sehnigen, entschlossenen Art war er ein adrenalingetriebener Wirbelwind und in jedem Sport praktisch unschlagbar.

Während Harold neben mir auf dem Rücksitz Präsidentennamen aufsagte, betrachtete ich gespannt die vorüberziehende Landschaft. Ich traute meinem Vater als Autofahrer nicht viel zu und hatte Angst, daß er uns nicht sicher nach Seattle bringen würde. Ich hatte gesehen, wie ungeschickt er den U-Haul-Anhänger angekuppelt hatte, der jetzt als schwerer Schatten hinter uns herflog, in seinem dunklen, übelriechenden Inneren unser ganzer Besitz. Meine Mutter, die nackten Füße über dem Handschuhfach aufgestützt, Strohhut in die Stirn gezogen, das dichte Haar zum Zopf geflochten, Sonnenbrille auf der Nase, las die *Woman's Day*; mein Vater hörte im immer leiser werdenden Radio des Bel Air eine Reportage von einem Spiel der Pacific Coast League – Portland gegen Spokane? Portland gegen Tacoma? –, ein Zeigefinger lag unten auf dem Steuerrad, der geschorene Nacken direkt vor mir war sonnenverbrannt und gesprenkelt mit kleinen blassen Flecken. Er trug das Haar kurz geschnitten, und es war ausgiebig mit Brylcreem bearbeitet; er hatte ein buntbedrucktes Hawaiihemd und seine Badehose an, die entspannten Oberschenkel hoben sich nackt und bleich vom Sitzpolster ab. Er hatte die Angewohnheit, beim Fahren in der Nase zu bohren und in entscheidenden Momenten des Baseballspiels das Radio auf ohrenbetäubende Lautstärke zu drehen. In solchen Augenblicken verstummte Harold.

»Zwanzig Fragen«, sagte unser Vater kurz vor Astoria, weil er den Eindruck hatte, wir langweilten uns. »Mal sehen, wer von euch es rauskriegt, okay?«

»Männlich?« fragte Harold.
»Ja.«
»Vor neunzehnhundert?«
»Jawoll.«
»Amerikaner?«
»Richtig.«
»Ein Präsident?«
»Richtig.«
»Abraham Lincoln?«
»Nein.«
»George Washington?«
»Genau.«
Harold klatschte in die Hände. »Mit sechs Fragen«, sagte er. »Hast du das gehört, Mom? Mit sechs hatte ich's.«
»Sehr gut«, sagte unsere Mutter.
Und so flogen wir nach Norden, in unserer Blechkiste auf Rädern, unsere Habe hinter uns herziehend. Wir wußten alle, wie bedeutsam diese Reise war. Als meine Großmutter im Frühjahr bei einer Herzoperation gestorben war, erbte meine Mutter eine bescheidene Summe, und von diesem Geld bestritten meine Eltern die Anzahlung auf das Haus in Seattle. Sie sehnten sich beide nach einem Neuanfang in der Stadt, nach dem Leben, von dem sie seit vielen Jahren gesprochen hatten. In Seaside waren sie es allmählich leid gewesen, immer wieder mit dem Staubsauger den Sand aus verdreckten Motelzimmern herauszuholen, während der Pazifikwind Falten in ihre Gesichter grub und sie vor der Zeit altern ließ. Sie hatten frei sein wollen von diesem Wind und Sand und den leeren Weinflaschen auf Nachttischen und frei von dem Zwang, wie

Gäste im Büroapartement des Motels leben zu müssen, während unaufhörlich Fremde kamen und gingen und immer einen Schweinestall hinterließen, den man beseitigen mußte, damit andere nachkommen, alles sauber vorfinden und es wieder verwüsten konnten, wie es ihnen paßte. Die beiden waren müde und wollten in einer Umgebung sein, wo sie keine Dreckarbeit machen mußten und wo die Familie meiner Mutter wohnte; sie nahmen selbstverständlich an, daß sie mit dem Umzug in diese neue Umgebung alles Unerwünschte hinter sich lassen konnten, und sie hielten in den folgenden Jahren beharrlich an der Überzeugung fest, daß sie jederzeit wieder umziehen konnten, falls das Leben in Seattle ihnen auch nicht gefiel. Wir alle glaubten das; und viele andere Menschen glaubten es auch. In meinen Eltern hatte dieser Glaube tiefe Wurzeln geschlagen und gab ihnen auch in schlechten Zeiten Hoffnung.

Wir überquerten in unserem Bel Air den Columbia in seiner ganzen graugrünen Breite. Wir fuhren durch Megler, Naselle, Raymond, Artic, Melbourne, Montesano, Elma. Und als die Fahrt mühsamer und die Städte fremder wurden, verstummten wir alle nach und nach und versanken jeder in seinen eigenen Empfindungen, denen man auf dem Weg zu einem neuen Heim nachhängt. Wir sahen zu, wie die Welt draußen vor unseren Fenstern vorbeiflog, fremder und seltsamer werdend, aber lockend.

* * *

Es war der Tag, bevor Neil Armstrong den Mond betrat – angeblich zum Nutzen der ganzen Menschheit –, als meine Familie in Seattle ankam. Mein Vater, den Ellbogen im offenen Fenster des Bel Air, gab einen laufenden Kommentar von sich: »Space Needle«, sagte er im Vorbeifahren. »Das Gelände der Weltausstellung von 1962 … Da drüben das Husky Stadion … dort hinten links der Green Lake.« Mit einiger Mühe manövrierte er sich nach der Abfahrt von der Fernstraße durch die Stadt, unser Anhänger schlingerte hinterher. Eine Weile rumpelten wir über eine breite Allee, dann über schmalere, neuere Straßen, an Reihen beschaulicher Bungalows entlang, schließlich fuhren wir an einem beklemmenden, fast zubetonierten Stadtpark vorbei. »Seht ihr das Basketballfeld?« sagte mein Vater stolz. »Abends machen die hier sogar Licht an. Das Netz ist aus Maschendraht. Und euer neues Haus ist nur drei Blöcke von hier.«

Harold und ich sahen beide hin; oder besser gesagt, ich blickte in Harolds Gesicht, während er, dem Hinweis meines Vaters folgend, durchs Fenster auf das Basketballfeld schaute.

»Sieht gut aus«, stellte er fest.

Im Winter zuvor in Seaside hatten wir auf dem Hof der Grundschule gestanden und zusammen Tausende von Freiwürfen geübt, immer abwechselnd, der Atem kam uns in Wolken aus dem Mund. Mein Bruder hatte seinen Wurf von der Bauchmitte aus angesetzt, mit offenem Mund und angelegten Ellbogen, vollkommen auf den inneren Rhythmus seines Körpers vertrauend, der ihm im richtigen Moment erlauben würde, den Ball fliegen zu lassen. Darin lag Schönheit, das sehe ich jetzt. An einem Nachmittag – der Schnee war beiseite geschaufelt, so daß eine Bahn bis zum Korb frei war, und von den Dachtraufen des Schulhauses hingen Eiszapfen – schaffte er 96 Treffer hintereinander, ohne ein Wort, mit glasigen Augen und kältestarren Fingern. Sein Rhythmus war exakt, tadellos, aber voll nervöser Anspannung. Diese Basketballminuten in der Kälte waren erfüllt von einer tiefen Angst, den nächsten Treffer nicht zu schaffen. An dem Nachmittag gab ich es auf, selbst zu werfen, und wurde sein persönlicher Rebounder. Ich spürte seinen Rhythmus genau und reagierte darauf mit einer Präzision, die niemand sonst aufbringen konnte. Zwischen uns gab es eine unausgesprochene Abmachung: Ich mußte merken, wie und wann er den Ball in seinen Händen brauchte, wann der Ball bei ihm ankommen und wie weich er ihm zugespielt werden mußte, und er warf den Ball dann in den Korb.

In dieser Rollenverteilung schafften wir es – zusammen – zum Oregon Free Throw Wettbewerb von 1969. Der Name meines Bruders erschien in den Zeitungen von Portland. Ein Reporter vom *Oregonian* schrieb: »Fünfundzwanzig von fünfundzwanzig im Halbfinale: stahlharte Perfektion mit fünfzehn.« Im Finale, das in der Halbzeit eines Spieles der Universität Portland stattfand, verwarf er sich nur einmal, weil ich ihm den Ball falsch zuspielte: Es war sein letzter Versuch, nachdem vierundzwanzig Bälle hintereinander tadellos durch das Netz geglitten waren. Diesmal prallte der Ball vom Ring ab, stieg steil hoch und verschwand hinter dem Brett – verrückt, peinlich, die Zuschauer stöhnten auf. Er gewann trotzdem, und seine Siegestrophäe stand noch viele Jahre danach auf einem Bücherregal im Haus unserer Familie.

Während ich ihn bei seiner eingehenden Musterung des

Spielfeldes in der Nähe unseres neuen Hauses beobachtete, fragte ich mich, ob er hier auch Freiwürfe üben, ob er dasselbe noch einmal machen würde. Vielleicht hatte Oregon ihm nicht gereicht; vielleicht brauchte er auch noch Washington State.

Als wir endlich in die Straße mit unserem neuen Haus einbogen, warfen sich zwei Jungen auf der Straße einen Baseball zu. Die Umgebung mit ihren halbfertigen Häusern wirkte wie ein Kriegsgebiet. Männer ohne Hemd deckten das Dach eines Hauses, ein Zementmischer drehte sich und goß Beton für eine Auffahrt. Der Boden sah schrundig und aufgerissen aus – als ob jemand dabei wäre, die Erde in unvorstellbar gigantischem Ausmaß zu erneuern. Bulldozer hatten unsere Straße aus einer mit Sträuchern bewachsenen Landschaft herausgeschnitten, um Platz für genau achtzehn Häuser zu schaffen. Am Ende würden alle zum Verwechseln ähnlich aussehen. Das säuberlich gepflegte, quadratische Rasenstück, gesäumt von Gartenleuchten, die sich bei Anbruch der Abenddämmerung anschalteten, vor den zweistöckigen Fassaden der Häuser, die wie trostlose, verlegen starrende Gesichter über einer Fensterbank aus Erde wirkten. An Sommerabenden konnte man die Silhouetten von Männern beim Rasenmähen oder Autowaschen sehen, aber niemand *kannte* seine Nachbarn. Die Straße vermittelte auf unbestimmte Weise ein Bedürfnis nach Distanz, und deshalb war am ersten Tag – als es eigentlich noch keine Nachbarschaft gab – niemand da, uns zu begrüßen. Aber selbst wenn schon Nachbarn dagewesen wären, hätten sie uns wohl kaum begrüßt. Und auch wir begrüßten jene nicht, die uns dorthin folgten. Jeder dort

lebte in der unausgesprochenen Überzeugung, daß der Nachbar unausweichlich weiterziehen würde.
Mein Vater bog vorsichtig in die Einfahrt unseres neuen Hauses ein. »Da wären wir, Leute«, sagte er. Aufgeregt stiegen wir aus; meine Mutter brachte einen Schlüssel zum Vorschein, den sie an einer Kette um den Hals getragen hatte, und schloß feierlich die Haustür auf. Dann wanderten wir miteinander durch die leeren Räume; alles war neu und frisch, und dieser Anblick löste beinahe Ehrfurcht in uns aus. »Faßt bloß nicht die Wände an«, sagte meine Mutter. Unsere Stimmen hallten in den leeren, frisch gestrichenen Zimmern wider, ein fremder, beunruhigender Klang. Erstaunt blieben wir an der Schwelle zu unserem Eßzimmer stehen. Eine Lüsterimitation, behangen mit seltsamen Rhomben aus geschliffenem Glas, hing an einer Kette von der Decke. Im Bad waren zwei Waschbecken in die Kachelwand eingelassen; die Türen des Spiegelschränkchens hatten verchromte Scharniere, und die Regale glänzten von Leinöl. Wir inspizierten zusammen die Küche. Meine Mutter setzte den Müllzerkleinerer in Gang, mein Vater schob den Messingriegel vor die vierflügelige Tür. Wir bewunderten die Unterschränke, die Fensterbretter, die Hängeschränke. Es hatte den Anschein, als habe man für uns ein Miniaturreich geschaffen und mit Zäunen und säuberlichen Steineinfassungen umgrenzt, um jene andere Welt aus Wind und Sand auszuschließen, aus der wir gerade erst zusammen aufgetaucht waren.
»Wir müssen das feiern«, kündigte mein Vater an. »Erst mal bringen wir alles rein, dann essen wir, dann feiern wir.« Er nahm meine Mutter vor der Spüle in die Arme, hob sie

hoch und wirbelte mit ihr im Kreis herum, daß ihre Fersen flogen. »Ich hätte dich über die Schwelle tragen sollen«, sagte er fingerschnipsend. »Wie konnte ich das vergessen?«

»Noch ist es nicht zu spät«, sagte meine Mutter.

Natürlich trug er sie dann über die Schwelle. In dem Augenblick muß er das Gefühl gehabt haben, das Leben, von dem er geträumt hatte, sei in greifbare Nähe gerückt. Wie hätte er auch wissen sollen, was auf ihn zukommen würde? Daß meine Mutter zwölf Jahre später an einem Lymphom sterben würde? Daß sie das neue Haus schon fünf Jahre später wieder verkaufen würden? Daß er im Krankenhaus bei ihr sitzen und nur noch das Ende herbeiwünschen würde?

In der ersten Nacht hatten wir noch keine Betten, deshalb schliefen Harold und ich auf dem Fußboden im Wohnzimmer – besser gesagt, wir schliefen *nicht*, weil die Umgebung zu fremd, das Haus von den Giftdämpfen der trocknenden Farbe durchtränkt, die Nacht zu schwül, zu windstill war. Harold und ich hatten immer in einem Zimmer geschlafen, und ich hatte selbstverständlich angenommen, daß es dabei bleiben würde. Aber jetzt fiel mir ein, daß das nicht unbedingt so sein müsse. Im neuen Haus gab es für jeden ein eigenes Schlafzimmer.

»Meinst du, daß alles anders wird?« fragte ich.

»Manches wird anders«, sagte Harold. »Mit Sicherheit.«

»Und was?« fragte ich. »Zum Beispiel?«

Harold drehte sich neben mir auf den Rücken. Wir hatten uns bis auf die Unterwäsche ausgezogen und lagen da, die Augen zur Zimmerdecke gerichtet, die Hände hinter dem Kopf verschränkt, so daß die Ellbogen wie Flügel abstanden. Der Lichtschein von einer Straßenlaterne sammelte sich im Fenster, streifte Harolds Brustkasten und fiel auf die noch makellose Faserplattenwand. »Vieles«, antwortete er. »Ich weiß nicht.«

»Ich bin *froh*, daß ich ein eigenes Zimmer krieg«, sagte ich. »Dann kann ich tun, was ich will.«

Eine Zeitlang schwiegen wir. Es war das Schweigen, das oft nach einer Beleidigung eintritt, dann, wenn niemand genau weiß, was das Schweigen bedeutet – eine nervöse Pause, sogar zwischen Brüdern.

»Das ist in Ordnung«, sagte Harold nach einer Weile. »In Ordnung.«

»Das läßt sich nicht ändern«, erklärte ich ihm. »Also *dann*.«

Nach einer Weile schlief er ein. Ich nicht. Ich konnte nie so gut schlafen wie Harold, und noch heute liege ich oft in einem unruhigen Wachzustand, wenn andere längst in der Welt der Träume sind.

* * *

Es war am Tag der Mondlandung, ein Ereignis, das uns noch ferner zu liegen schien als der Mond selbst; während Planeten zerfallen und neue Sterne entstehen, ziehen wir um, lieben uns, machen Pläne, schneiden uns die Fingernägel, hassen einander ohne Ende.

Noch vor zehn Uhr am nächsten Morgen waren Harold und ich auf dem Basketballfeld, das unser Vater uns gezeigt hatte.

»Bis zum ersten Fehler«, sagte er.

»Okay, du fängst an.«

»Wer trifft, fängt an.«

»Wirf.«

Harold warf. Natürlich ging er rein. *Wusch.*

»Abwechselnd bis fünfzehn«, sagte Harold, nachdem ich nicht getroffen hatte. »Wer zwei Punkte Abstand schafft und hält, ist Sieger.«

»Dann los«, sagte ich.

Ich gab ihm den Ball. Er klemmte ihn unter seinen drahtigen Arm und lächelte mich an – herablassend, fand ich.

»Viel Glück, Bruder«, sagte er zu mir.

Er wandte sich nach rechts, drehte sich mit dem Rücken zum Korb und konzentrierte sich auf jene subtilen Schachzüge, die alle Basketballspieler beherrschen: man täuscht und manövriert, bis man eine zentimeterbreite Lücke zum Wurf findet oder, falls es gelingt, die Verteidigung reinzulegen, die Gelegenheit zum Spin-and-Drive auf den Korb. Ich war durch Kleinigkeiten hypnotisiert – ein Neigen des Kopfes, ein Schulterzucken, ein entschlossener Zug um den Mund –, dann kam ein Sternschritt und ein Sprungwurf in Rücklage, sein schlanker Körper schnellte vor dem Hintergrund der Stadtstraßen hoch. Einen Augenblick stand sein Kopf so vor der Sonne, daß sie ihn einzurahmen schien; dann ratterte der Ball durch das Maschendrahtnetz.

»Eins – null«, sagte Harold. »Ich führe.«

Jetzt ging er nach links, steuerte die Ecke an, schoß dann im Bogen auf die Grundlinie zu. Zweieinhalb Meter vor dem Korb wirbelte er um sich selbst und machte einen Hakenwurf aus der Bewegung, der Ball kreiste zweimal um den Ring, bevor er sich in den Korb senkte.

»Zwei – null«, verkündete er.

Zwei Schritte links von der Foullinie machte er einen

Sprungwurf gegen das Brett. Dann, wieder nach links gewandt, warf er einen Korb aus dem vollen Lauf. Ein Korbleger rückwärts über die rechte Schulter. Ein Hakenwurf von der rechten Grundlinie.
»Sechs – null«, sagte er. »Mein Ball.«
»Leg los«, antwortete ich.
In Seaside hatten wir tausendmal im Schulhof der Grundschule einer-gegen-einen gespielt. Da lag Sand auf dem Boden, es gab kein Netz, und da war der Wind vom Meer, an den man sich gewöhnen mußte. Wenn das Spiel zu Ende war, hatten wir, Kaugummi kauend und Sodapop trinkend, an der Schulhofmauer gesessen. Harold würde eines Tages für die Celtics, ich für die Lakers spielen.
Ein blitzschnell hereingetriebener Korbleger von links, abgewehrt. Er verwarf, und ich traf zweimal. Sieben zu zwei, Harold.
In Seattle ging die Sonne blaß und reglos unter, und das Drahtnetz gab einen satten Laut von sich, wenn der Ball traf. In Seattle fanden wir ein Publikum in den vorbeifahrenden Autos und jungen Leuten in weißer Tenniskleidung. In Seaside hatte man ständig das Rauschen der Pazifikwellen in den Ohren, es lullte mich ein – es war der Ton meines verfließenden Lebens. Jetzt in der Stadt gab es keinen solchen Ton, kein Fenster im Haus mit Blick über ein endloses Meer, hinter dessen Horizont alle Möglichkeiten lagen; in der Stadt, das wurde mir klar, gab es Millionen von Menschen, die alle wie ich waren, lauter Träumer, die ihre absurden Träume nicht verwirklichen konnten.
Harold versenkte einen Ball aus zehn Metern Entfernung im Netz. Er griff rechts an, drehte sich im Sprung von mir

weg, und ließ den Ball von den graziösen Fingerspitzen seiner linken Hand gelenkt fliegen. *Wusch.*
»Neun – zwei«, sagte er. »Mein Ball.«
Ein Sprungwurf aus dem Dribbeln, von links. Durch die Mitte, frontal auf mich und meine Angst zu, das rechte Knie auf meiner Brust, ein präziser Bogen und ein Rebound vom Brett ins Netz.
»Elf – zwei«, sagte Harold.
Ein Fehler von ihm. Ich arbeitete mich geduckt vor. Drehte mich, warf aus eineinhalb Metern. Treffer.
»Elf – drei«, sagte ich.
In Seaside pflückten wir einmal einen ganzen Kirschbaum leer. Harold saß mit Saftflecken im Gesicht am Fuß des Baums und spuckte Kerne, so weit er konnte. Ich sah von einem Ast oben im Baum auf ihn hinunter.
Zwei Würfe in Rücklage. Ein Korbleger. Harolds Atem, nach Erdnußbutter riechend. Seine Ellbogen und vor allem sein beharrliches Hinterteil drängten mich aus meiner Position.
»Siegpunkt«, verkündete Harold.
Wir hatten zusammen Stinte gefangen. Zu Millionen wimmelten sie in den Brandungswellen herum, Harold und ich holten, nebeneinander stehend, unser Netz ein, der Pazifik schlug rings um uns auf den Sand ein.
Er ging nach rechts. Ich ging mit, verlegte ihm in den Weg; Harold lehnte sich natürlich seinerseits in mich hinein. Und einen Moment lang verharrten wir reglos, zwei Inseln aus Spannung, beide erstarrt, unnachgiebig. Er hielt den Ball zwischen Hüfte und Unterarm, er duckte sich, schob die Schulter gegen meine Brust. Ich konnte spüren, wie

sich die Feder in ihm spannte, und als er von mir weg und nach oben schnellte, ging ich mit der Schulter brutal nach vorn, in ihn hinein. Harold wurde zu weit zurückgeschoben, fiel nach hinten, der Ball flog steil gen Himmel, der Wurf war viel zu kurz, ein Airball, und dann riß Harolds Kreuzband, und sein Gesicht wurde dunkel, ein Schatten glitt über seine Augen. Ich stand über ihm, und Harold lag auf dem Beton, hielt sich das Knie mit beiden Händen, das Gesicht in lautlosem Schmerz verzerrt, er schien nackt, allem ausgesetzt und vollkommen hilflos, während ich über ihm stand und auf ihn hinabsah.

* * *

An dem Abend liefen Menschen zum ersten Mal auf dem Mond herum. Harold war in der orthopädischen Kinderklinik. Ich besuchte ihn und saß mit einem Transistorradio bei ihm; wir hörten Neil Armstrong der Welt verkünden, daß dies »ein kleiner Schritt für den Menschen, aber ein Riesensprung für die Menschheit« sei. Eine ganze Weile dachten wir über die Bedeutung dieser Worte nach; Harold hatte den Eindruck, daß Armstrong ein Wort ausgelassen habe. Hatte er nicht sagen wollen, *ein* Mensch habe einen kleinen Schritt zum Frieden für die gesamte Menschheit getan? Aber mein Vater, der am Fußende des Bettes saß, sagte, daß Neil Armstrong so oder so ein Spinner war. Seiner Meinung nach hätte dies ein wunderbares Ereignis sein sollen, aber Armstrong lief in Wahrheit da oben rum, damit wir eines Tages notfalls die Russen vom guten alten Mond aus in die Luft jagen könnten.
Wir saßen im Krankenhauszimmer und hörten Männern

zu, deren Stimmen aus dem Meer der Stille zu uns drangen; Armstrong nannte das Meer »eine grandiose Ödnis«; dann berichtete ein Rundfunkreporter, daß eine unbemannte russische Sonde, die das amerikanische Unternehmen beobachtete, in Kürze auf dem Mond landen werde. Darüber lachte mein Vater laut, worauf mein Bruder finster um Schmerztabletten bat. Ich stürzte aus dem Zimmer, um die Krankenschwester zu suchen, dankbar, daß ich Harold diesen kleinen Dienst erweisen konnte.

* * *

Mein Vater fand in Seattle keine Stelle. Im August arbeitete er zwei Wochen lang auf Probe in einer Getreidemühle auf Harbor Island, wurde aber am Ende nicht übernommen. Jeden Abend kam er mit einer Mehlschicht auf Haut und Kleidern nach Hause, er trug weiße Arbeitskleidung und Converse-Tennisschuhe und hatte eine Bierfahne. Dann war es vorbei mit diesem Job. Meine Mutter strich die Stellenangebote in der Zeitung, die ihr interessant erschienen, mit gelbem Leuchtstift an. Sie packte ihm ein Lunchpäckchen und schickte ihn mit dem Bel Air los, damit er sich bei den Firmen vorstellte. Es führte zu nichts. Vielleicht hatte er es sich selbst zuzuschreiben, oder es lag an den schlechten Zeiten oder an beidem, jedenfalls fand mein Vater keine Arbeit in der Stadt. Manchmal saß er an Herbstabenden auf der Veranda und rauchte, die Ellbogen auf die Knie gestützt, eine Zigarette nach der anderen, schweigend. So ging es den ganzen Herbst hindurch, bis das Geld, das meine Mutter geerbt hatte, zu Ende ging. Dann nahm mein Vater einen kleinen Geschäftskredit auf

und kaufte einen Parkplatz im Zentrum von Seattle; dort brachte er seine Tage in einem zugigen, kalten Sperrholzverschlag mit Kaffeetrinken und Illustriertenlesen zu.
Meine Mutter putzte viele Jahre lang Wohnungen und Zahnarztpraxen in Seattle. Diese Arbeit hatte sie gelernt, und sie war bei den Damen des North End sehr gefragt, sie galt als gründliche, zuverlässige Kraft. Wenn sie das Haar unter einem Kopftuch verbarg und kein Make-up aufgelegt hatte, sah sie niedergeschlagen und erschöpft aus. Sie starb, als sie achtundvierzig war; am Tag zuvor hatte ich noch versucht, ihr mit einem Strohhalm Apfelmus einzuflößen, aber meine Mutter konnte es nicht bei sich behalten.
Mein Bruder spielte nicht mehr Basketball. Nachdem er sich am Knie verletzt hatte, gab er den Sport auf, nicht gezwungenermaßen, sondern weil er es so wollte. Wenn ich vom Training nach Hause kam, hatte er einen Pullover an und betrachtete Kleinstlebewesen unter dem Mikroskop. Gelegentlich sah er zu mir auf, als könne er nicht glauben, was er in meinem Gesicht las, dann wanderte sein Auge wieder zur Linse zurück, blendete mich aus seinem Gesichtskreis aus und konzentrierte sich auf etwas winzig Kleines. Er bot mir nie an, das, was er sah, mit mir zu teilen. Er starrte unbeirrt, geduldig und beharrlich weiter auf das Objekt in seinem Mikroskop, bis ich wieder ging – in mein einsames Zimmer.

FREMDKÖRPER

Ich lernte Dan Wyman in Autoreparatur Eins kennen; das war ein Kurs, den ich vor allem deshalb belegte, weil ich gewisse Leute in der Roosevelt High School vor den Kopf stoßen wollte: Jungs, mit denen ich seit Jahren in den Begabtenkursen gesessen hatte – Jungs, die mit fünfzehn schon genau zu wissen schienen, was sie studieren wollten, die sich innerlich klargemacht hatten, warum es Handelsrecht oder Alte Geschichte sein sollte. (*Wie schafften die das nur?* fragte ich mich. *Wieso wußten die mit solcher Gewißheit, was ihnen später wichtig sein würde?)* Mit fünfzehn trug ich einen Mantel aus der Altkleidersammlung und lange, ungepflegte Haare. Dieser Mantel, er war weit und unförmig wie ein Zelt, aus festem grauem Wollstoff mit schlappen Aufschlägen und großen runden Knöpfen an dünnen Fäden, machte mich zu einer Art Berühmtheit in der Stadt, glaubte ich. Aber da täuschte ich mich. Ohne ihn genau zu erkennen, spürte ich den Widerwillen, der mir hier und da entgegenschlug, die allgemeinere Gleichgültigkeit meiner Existenz gegenüber nahm ich jedoch nicht wahr.

In dem High School-Kurs für Automechanik war die Abneigung gegen mich seltsamerweise am deutlichsten. Die

Schüler des Kurses wußten, daß ich aus Laurelhurst kam, einem wohlhabenderen Viertel der Stadt, und sie glaubten, daß ich ihre Lebensform nur zur Unterhaltung, als kleine Ablenkung, anprobierte. Instinktiv empfanden sie es als Beleidigung, daß ich mich unter sie gemischt hatte, so als hätte ich ein Spiel aus ihrem Leben gemacht oder die unsichtbare Grenze einer Nation überschritten, der ich nicht angehörte. Zwei- oder dreimal wurde ich offen beschimpft, als die Jungs merkten, daß ich keine Ahnung von Autos hatte. Dann fielen beinahe alle dreißig über mich her. »Das ist eine *Zündkerze*, verdammt noch mal«, sagte jemand. »*Gegen* den Uhrzeigersinn«, sagte ein anderer. »Laß bloß die Finger von den Einstellungen.« – »Stell dich nicht so beschissen dämlich an.« – »Rühr bloß nichts an hier, kapiert, du Arsch?«

Natürlich gab ich mir Mühe, meine Unfähigkeit zu verbergen, so gut es ging. Reden konnte ich ganz gut, aber früher oder später mußte man in diesem Kurs ein Werkzeug in die Hand nehmen, und wenn ich das tat, war es aus mit den Täuschungsmanövern. Mit jedem Fehler, jeder peinlichen Verwechslung zog ich mich tiefer in das Schweigen des Touristen zurück, der weiß, daß er den Eingeborenen nie näher kommen wird. Sogar meine Hände schienen angesichts des Hasses, der sich da gegen mich richtete, zögernder und ungeschickter zu werden. Ich dachte schon an die Möglichkeit zu schwänzen, denn auch das gehörte zu meiner Strategie: das Spiel mit der Gefahr. Ich wußte, das würde mich noch mehr zum Geächteten machen als mein Pennermantel, denn Schwänzen hieß, daß man schlechte Noten riskierte und ein gewisses, wenn auch geringes Risiko einging, von der Schule zu fliegen. Keiner meiner Nachbarn in den Begabtenkursen würde je schwänzen.

Aber wie geriet ich an Dan Wyman? Fünfzehn Rasenmähermotoren waren in der Autowerkstatt auf Werkbänken montiert, und jeden Tag mußte man für die Arbeit daran Zweiergruppen bilden. Meine Partner ignorierten mich selbstverständlich mit betonter Übellaunigkeit. Sie nahmen die Werkzeuge in die Hand und gingen an die Arbeit. Ich stand daneben. Irgendeine allgemeine Absprache oder stillschweigende Übereinkunft verhinderte, daß der Pechvogel, dem ich als Partner zugeteilt wurde, mir auch nur eine Andeutung von Freundlichkeit erwies. Ich wurde in dem Raum zum Fremdkörper, so als wäre ich ein Phantom, eigentlich kein menschliches Wesen. Nur mit Wyman war es anders. Er ignorierte mich bloß so lange, bis er eine dritte Hand brauchte, und dann bat er mich ohne Umschweife um Hilfe. »Drück das nach unten, bitte«, sagte er leise und wies mit dem eingekerbten Kinn auf die Stelle. »Halt mal fest. Genau hier.« Und so fingen meine Hände an, neben seinen zu arbeiten, einfach so, und er zeigte keinen Widerwillen gegen mich. Er schien sogar für die feindselige Atmosphäre, die mich umgab, blind zu sein, obwohl ich jetzt im Rückblick nicht glauben kann, daß er wirklich nichts davon wahrnahm. Es *kümmerte* ihn nicht.

Er hatte ein Talent dafür, auch den widerspenstigsten Motor zum Laufen zu bringen, besonders dann, wenn andere versicherten, daß es ein Ding der Unmöglichkeit sei. Die Herausforderung durch winzige physikalische Probleme, die miteinander in einer langen und methodischen Kette zusammenhingen, machte ihm besonderes Vergnügen. Mir wurde klar, daß Wyman nach seinem Abschluß sein Geld als Automechaniker verdienen würde. Er selbst schien das noch gar nicht zu wissen. Er hatte eine unschuldige Freude an seiner Fähigkeit und fand daran nichts Besonderes. Er sagte, sein Vater sei Flugzeugmechaniker in Texas. Seine Brüder waren ebenfalls Mechaniker. Seine Eltern waren geschieden, aber wenn Wyman davon sprach, verriet sein Gesicht keinen Schmerz. Er war muskulös und sah gut aus. Jeden Tag wusch er sich nach dem Ende des Unterrichts sorgfältig die kräftigen Hände, kämmte sich das Haar mit einem nassen Kamm und zog sich einen Seitenscheitel. Sein Schulhefter war nicht mit Graffiti bedeckt wie meiner. Er war ein ordentlicher, sauber geschrubbter Junge mit guten Manieren, gesund und attraktiv, aber nicht selbstverliebt oder modebewußt – ein Junge, von dem man sich vorstellen konnte, daß er eines Tages zu den Marines gehen oder Polizeioffizier werden würde, wenn er das wollte. Aber das wollte er nicht. Er hielt Distanz zu den anderen, das merkte ich bald, und zwar auf eine Weise, die eine derartige Zukunft ausschloß. Zwischen Wyman und allen anderen im Raum gab es einen Abstand, eine absichtliche Distanz, die er geschaffen hatte. Er war immer sehr ruhig und sehr beschäftigt.

Einmal, als wir unsere Werkbank aufräumten, weil der Kurs zu Ende war, fragte Wyman mich etwas.

»Was soll das eigentlich mit dem Mantel?«

»Der war billig«, sagte ich.

»Hatten die keinen in der richtigen Größe?« fragte Wyman.

»Nein, hatten sie nicht.«

Er schwieg. Ich konnte sehen, daß sein Gehirn an diesem Rätsel arbeitete. Sein Gesichtsausdruck änderte sich nicht, aber seine Bewegungen, die Art, wie er die Werkzeuge wegpackte, wurden schneller.

»Du bist doch so ’n guter Schüler?« sagte er.

»In manchen Fächern, ja.«

»Warum kannst du dann nicht ’n paar Scheine für ’nen Mantel hinlegen? Einen, der paßt?«

So, wie er dachte, war das logisch. Und in gewisser Weise hatte er auch recht. Wenn ich gute Noten schaffen konnte, sollte ich auch in der Lage sein, einen ordentlichen Mantel zu finden. Wyman trug eine gut sitzende, saubere Eddie-Bauer-Jacke und kriegte in Kursen wie Geschichte und Mathematik meist nur Cs oder Ds.

»Ich weiß nicht«, sagte ich. »Wahrscheinlich bin ich einfach noch nicht dazu gekommen.«

»Ach ja?« sagte Wyman.

»Ich geh nicht gerne in diese Läden.«

»Geht mir genauso«, sagte Wyman.

»Außerdem hab ich nichts gegen das Ding«, sagte ich und griff an die Aufschläge. »Es ist nicht schlecht. Erfüllt seinen Zweck.«

Wyman betrachtete mich, als hätte er mein Gesicht noch nie gesehen. »Du siehst aus wie ’n Penner«, sagte er.

Das stimmte, ich wußte, daß es stimmte, aber ich fühlte mich ihm trotzdem überlegen. »Heh, Wyman«, sagte ich. »Das ist mir *egal*.«

Wir packten das Werkzeug weg.

* * *

Wyman hatte ein Auto, einen blauen Mustang. Er war sechzehn, mobil, gutaussehend. Ich freundete mich mit ihm an, nicht wegen seines Autos oder seines Aussehens, sondern weil er es zuließ. Es war zuerst ein seltsames Gefühl. Mir ging auf, daß wir *Freunde* waren. Wir begannen, an Wochenenden abends lange zusammen herumzufahren, hielten dabei, wie die meisten Teenager, Ausschau nach dem unsagbaren großartigen Ding, das irgendwo da draußen auf uns warten mußte, das die Suche lohnte, keinen Namen hatte, aber jede dieser abendlichen Expeditionen wert war. Nach einer Weile kam ich darauf, daß wir nach Mädchen Ausschau hielten. *Natürlich.* Wir suchten nach Mädchen. Das gab unseren Fahrten ein Ziel.

Wir kurvten durch Seattle und aßen dabei Hamburger von Herfy's. Wyman wickelte seinen zur Hälfte in eine Serviette und aß übertrieben säuberlich, hielt ab und zu an, um sich die Hände zu waschen und sich wieder herzurichten. Ich wartete auf ihn und wischte mir derweil die Hände am Mantel ab, meiner pflegeleichten Vielzweckwaffe. »Deine Haare liegen nicht richtig«, sagte ich dann zu Wyman, wenn er aus dem Waschraum einer Tankstelle wiederkam. Er nahm das ernst, zog den Taschenkamm und lehnte sich nervös in den Rückspiegel.

»Und jetzt?«

»Du verdammter Narziß.«

»Wie sieht's jetzt aus?«

»Die werden sich darum reißen, daß du dich ihnen aufs Gesicht setzt.«

»Ekelhaft, Mann.«

»Was ist so ekelhaft daran? Hmm?«

»Halt die Klappe, okay?« sagte Wyman. »Und nimm die Finger vom Schwanz.«

»Leck mich. Was ist daran ekelhaft?«

Aber Wyman schüttelte nur den Kopf und ließ seinen Mustang an, der im Leerlauf immer ruhig und sauber lief. »Widerlich, Mann«, sagte er. »Du bist *widerlich.*«

Allmählich fühlte ich mich ganz wohl dabei, nur so ohne Ziel durch die Gegend zu fahren, und deshalb war ich sehr überrascht, als wir eines Abends im März tatsächlich auf zwei Mädchen stießen. Die Aussicht darauf, daß so etwas jemals geschehen würde, hatte sich schon lange verflüchtigt; der Gedanke war eigentlich nur noch ein Vorwand dafür, zusammen herumzufahren, die Einsamkeit dadurch zu umgehen, daß man im selben Wagen saß, bekannte Straßen vorbeifließen sah, die Zeit mit jemandem zubrachte, der im Grunde nichts von einem verlangte – auch wenn wir das beide nicht zugegeben hätten. Wie auch immer, auf einmal standen da unten am Kanal in der Nähe von Fremont diese Mädchen und hielten den Daumen hoch. Man konnte nicht erkennen, ob sie hübsch waren oder nicht – ob es die Mädchen waren, die ich mir erträumt hatte. Es war halb zwölf Uhr nachts, sie standen mit großen Schultertaschen naß im Regen und in der Dunkelheit, sie waren eine schattenhafte Möglichkeit. Aber Wyman bremste nicht.

»Heh«, sagte ich. »Halt an.«

»Gott noch mal«, sagte Wyman. »Mädchen.«

Wir mußten noch mal um den Block fahren. Wyman war noch nicht soweit und mußte sich erst ein bißchen sammeln. »Mädchen«, sagte er wieder. »Das waren Mädchen.«

»Halt diesmal an«, erinnerte ich ihn.

Als wir beim zweiten Mal vor ihnen bremsten, nahmen sie die Daumen herunter. Wyman betrachtete sie kritisch durch die Windschutzscheibe, und ich tat dasselbe – zwei Kenner. »Die sehen aus wie nasse *Hunde*«, flüsterte Wyman. »Bloß weg hier, würde ich sagen.«
Aber dann kletterten sie plötzlich auf den Rücksitz und rochen nach Zigaretten und kaltem Seattler Regen. »Ein Mustang«, sagte eine von ihnen. »Cool.«
Beiden tropfte das Wasser aus Haaren und Kleidern, zwei durchweichte blasse Mädchen in Bluejeans.
»Interessiert ihr euch für Autos?« fragte ich.
»Klar.«
»Dan hier ist der Autofachmann«, sagte ich. »Das mein ich im Ernst. *Der* Autofachmann.«
»Wirklich?«
»Nein«, sagte Wyman über die Schulter zu ihnen. »Quatsch. Überhaupt nicht.«
Ich starrte ihn wütend an. Wollte er sie denn nicht beeindrucken? Seine Gleichgültigkeit ärgerte mich, und ich stieß ihn mit dem Ellbogen an. Er verdrehte die Augen.
»Ihr seht ganz kalt aus«, sagte er in den Rückspiegel. »Ich stell die Heizung höher.«
Als wir unter den Straßenlaternen durchfuhren, musterte ich sie genauer, indem ich so tat, als wollte ich wissen, wie naß sie geworden waren. Die eine, die Autos gut fand, trug eine rote Popelinejacke und durchweichte ausgestellte Navy Jeans. Schwerknochig, sommersprossig und farblos, wie sie war, hatte sie immerhin eine gewisse dumpfe Attraktivität: eine Frau, in der man versinken konnte, um nie mehr aus ihren weißen Speckfalten und teigigen Tälern

hochzukommen. Sie saß ziemlich verkrampft da, den Hals nach links verdreht, und wrang sich das Wasser aus den Haaren. Ich lächelte sie an, aber mit dem Herzen war ich nicht dabei. Sie lächelte verträumt zurück und legte die Hand über den Mund. Auch ihre Finger waren fleischig und bleich; sie bewegten sich ohne jede Spur von Anmut, und als ich sie beobachtete, spürte ich einen leichten Anflug von Ekel.

»Ich bin Joan«, sagte sie zu mir. »Mein Stiefbruder hatte einen Mustang, aber er hat ihn verkauft.«

»Wirklich?«

»Ja.«

»Welches Baujahr?« sagte ich.

»Ein Siebenundsechziger.«

»Dieser hier ist ein Achtundsechziger«, sagte ich.

»Neunundsechzig«, sagte Wyman.

»Ach ja«, sagte ich. »Neunundsechzig.«

Die andere war zurückhaltender, schien mir aber auf ihre ruhige Art auch einladend. Ihr Schweigen ließ gewisse Möglichkeiten offen; ihr durchnäßter Zustand erinnerte an den Badewannen-Sex, der, nach dem, was ich aus dem Fernsehen erfahren hatte, Erwachsenen viel Spaß machte. Mir gefiel ihr schmales Gesicht und die zu dick aufgetragene, verschmierte Wimperntusche; mir gefiel die Vorstellung, größer und stärker als sie zu sein, und ich malte mir aus, von ihr als Antwort darauf eine versteckte Wildheit, ein stillschweigendes sinnliches Einverständnis zu bekommen. Sie hatte rote Haare, eine Stupsnase, braune Lippen.

»Wie heißt du?« fragte ich sie.

»Carla.«

»Und auf welche Schule gehst du?«
»Auf welche gehst *du* denn?«
»Roosevelt«, sagte ich entschuldigend, denn Roosevelt war die Schule der Snobs und der Kinder reicher Leute.
»War ja klar«, sagte sie und verdrehte die Augen. »*Roosevelt*, war ja klar.«
Sie sah verächtlich zum Fenster hinaus, rieb sich die Hände, hauchte sie an.
»Ist die Heizung an?« rief Joan nach vorn.
»Ja«, antwortete Wyman.
»Ich *frier*«, sagte Joan. »*Brrrrr.*«
»Ich dreh den Ventilator höher«, sagte Wyman.
»Wart mal«, sagte ich. »Was meinst du damit: War ja klar?«
»Sag ich doch«, sagte Carla. »Das *merkt* man.«
Sie klappte ihre Tasche auf, wühlte mit einer Hand darin herum und zog ein Päckchen Zigaretten heraus. »Alles naß«, bemerkte sie.
»*Woran* merkt man das?« sagte ich. »Was ist es denn?«
Carla rollte wieder mit den Augen. »Wie die schon reden«, sagte sie böse. »Das komische Zeug, das die von sich geben.«
Joan lachte, hielt sich die Hand vors Gesicht, schlug dann mit der Anmut, die sie aufbringen konnte, Carla auf die Schulter.
»Hör auf«, sagte sie. »Die haben uns mitgenommen, okay?«
»Wart mal«, sagte ich wieder. »Wie reden die denn? Das mußt du mir erklären.«
»Wie du«, sagte Carla. »Hast du Feuer?«
Wyman drückte den Anzünder rein.
»Moment«, sagte ich »Ich red so, wie alle reden.«

»Du redest wie ein Spinner von der Roosevelt.«
»Ach komm«, sagte Joan. »Laß den Mist, Carla.«
Wyman zog den Anzünder heraus, eine orangeglühende Spule, und hielt ihn über die Schulter nach hinten. Carla beugte sich vor und zündete ihre Zigarette an.
»Danke«, sagte sie.
»Gern geschehen«, antwortete Wyman.
Er kam besser an als ich, einfach indem er den Wagen fuhr. Daß ich so grob abgewiesen wurde, erschien mir plötzlich unvermeidlich, als hätte ich all das schon oft geträumt. Ich beschloß, weniger zu reden, ruhiger zu werden, höflich zu sein – ich wollte meinen Charakter angesichts des Widerwillens, den er hervorrief, auf der Stelle ändern. Ich sagte nichts mehr; wir schwiegen alle.
»Wo wollt ihr denn hin?« fragte Wyman nach einer Weile. »Kann ich euch bei einer bestimmten Adresse oder irgendwo absetzen?«
»Nach Hause«, sagte Carla. »Fahr an der Hundertfünfundzwanzig raus.«
»Okay«, sagte Wyman. »Gut.«
»Wollen wir nicht unterwegs eine Flasche Wein kaufen?« schlug ich vor. »Habt ihr beide vielleicht Lust auf einen Schluck Wein?«
Aber anscheinend hatten sie so etwas von Anfang an erwartet. Der Vorschlag machte ihnen offenbar wenig Eindruck. Carla verzog keine Miene, aber Joan drohte mir mit dem Finger. »Schlimmer Junge«, sagte sie. »Schlimm, schlimm.« Dann zog sie nach und nach drei Flaschen Ripple aus ihrer Tasche, das war der Wein, den Teenager damals tranken. Eine Flasche war dreiviertel leer.

»Automatische Party«, sagte sie zu mir.
»Tragbare«, sagte ich, »tragbare Party.«
»Auch gut«, sagte Joan. »Aber sicher.«
»*Also wirklich*«, sagte Carla und sah weiter durchs Fenster.
Es war eine Art von Unterhaltung, die an dem Abend unvermeidlich schien. Diese Mädchen waren uns fremd, sie hatten etwas Ordinäres, irgendwie Billiges, nicht dieses zauberhafte Aroma, das ich mir immer erhofft hatte. Der Gedanke, daß ich bei einem Mädchen enden könnte, das an einsamen Straßenecken Autos anhielt und flaschenweise Ripple in der Tasche mitschleppte, war schwer erträglich. An diesem verregneten Abend war ich, so schien mir, weit von dem Leben entfernt, das meine Eltern mir immer vor Augen gehalten hatten. Wyman schien das Ganze nicht so zu empfinden. Er war offensichtlich in der Lage, sich ganz auf das Fahren zu konzentrieren, und saß stur und unerschütterlich hinter dem Steuer. Auf seine Hilfe konnte ich nicht zählen; er würde nichts zur Entspannung der Lage beitragen. Alles, was ich sagte, war verkehrt, war ein *faux pas* – obwohl niemand im Auto außer mir wußte, was das war. Aber ich fühlte mich verpflichtet, weiterzumachen; als wäre das alles meine Verantwortung.
»Was meint ihr, halten wir mal an?« drängte ich. »Laß uns mal irgendwo parken, dann können wir einen Schluck trinken. Dann muß Dan nicht die ganze Zeit fahren.«
»Das ist schon in Ordnung«, antwortete Wyman.
Carla begann jetzt Anweisungen zu geben – hier links, dann rechts, immer geradeaus –, aber ohne den höflichen Ton, den man in ihrer Lage erwartet hätte. Sie nahm nicht einmal die Zigarette aus dem Mund, während sie Dan

dirigierte; die glühende Spitze bewegte sich in der Dunkelheit mit ihren Lippen, wenn sie um den Filter herumsprach. Wir waren in einer Gegend ohne Straßenbeleuchtung, mit unkrautüberwucherten Autostellplätzen und ausgeblichenen Kletterpflanzen, irgendwo am Nordrand von Seattle, in Hörweite der Interstate.

»Hier ist es«, sagte Carla. »Da links. Genau hier.«

Es war ein Haus wie die anderen, eine flache, nicht sehr stabil aussehende Schachtel. Ein Bootsanhänger stand davor und rostete vor sich hin; statt Rasen gab es nur Pfützen vor dem Haus.

»Ist das dein Barracuda?« fragte Wyman.

»Gehört meinem Bruder«, sagte sie. »Der liebt ihn.«

»Cooler Wagen«, sagte ich. »Wollen wir jetzt mal am Wein nippen? Ich hab Durst.«

Joan sah Carla an. »Was meinst du?« sagte sie.

»Mir egal«, antwortete Carla. »Wie du willst.«

Sie gähnte.

»Stell den Motor ab«, wies ich Wyman an.

Gehorsam stellte er den Motor ab. Jetzt hörte ich, wie der Regen leise auf das Dach trommelte. Wir ließen den Ripple gegen den Uhrzeigersinn kreisen; er schmeckte wie Kool Aid mit Wasser. Ich nahm einen gewaltigen Zug, bevor ich die Flasche an Wyman weitergab, der sie nur ganz kurz an den Mund hielt, als ob er nur aus Höflichkeit mitmachte.

Am Ende tranken nur Joan und ich. Carla benetzte sich bloß die braunen Lippen, aber Joan trank gierig, als könnte sie in diesen Flaschen Ripple eine Antwort auf die grundsätzlichsten Fragen finden. Und ich trank, so viel ich konnte, um meinen Abscheu vor mir selbst im Alkohol zu ertränken. Wyman war weiterhin uninteressiert, nur bemüht, auf seine zurückhaltende Weise höflich zu sein. Der Wein ging mindestens neun- oder zehnmal herum, aber er trank höchstens ein paar Eßlöffel voll. Es war, als hätte er Angst, sich zu vergiften.

»Hast du keine Angst, daß deine Eltern uns sehen?« fragte er schließlich und drehte sich zu Carla um.

»Die schlafen«, antwortete Carla. »Das Licht ist aus.«

»Und wenn sie aufwachen?«

»Die wachen nicht auf.«

»Sie hat so was schon öfter gemacht«, warf Joan ein. »Stimmt's, Carla?«

Carla antwortete nicht. Sie saß nur da – im Leerlauf.

»Habt ihr's alle warm genug?« sagte Wyman.

»Ich nicht«, sagte Joan. »Aber laß bitte den Motor aus.«

Und dann spürte ich ihre Hand in meinem Haar, Finger, die mit den Locken an meinem Hals spielten. »Hübsches Haar«, sagte sie zu mir. »Gefällt mir.«

»Wirklich?« sagte ich.

»Ja.«

Ich drehte mich um, in ihren Blick, der unmißverständlich Sex bedeutete, ein Blick, der sagte, daß an diesem Abend nichts gelaufen war, daß sie sich nun mit mir begnügen mußte. So einfach war das, aber mir verschlug es den Atem, und meine Gedanken schwirrten mir wild im Kopf herum. Sie stieß mich ab, sie war nicht, was ich wollte, aber ich kletterte zu ihr auf den Rücksitz, die Flasche Ripple in der linken Hand.

»Automatische Party«, sagte ich.

»Stimmt«, sagte Joan, ihren Arm um meinen Hals. »Weiter so. In Ordnung.«
Wyman stellte das Radio an.
»Heh«, sagte Joan. »Geh du nach vorn, Carla. Zu dem Typ. Okay?«
»Das ist schon in Ordnung so«, sagte Wyman, der jetzt in den Rückspiegel spähte. »Ich mein, nur wenn du wirklich willst.«
Carla sah zum Fenster hinaus.
Ich war fünfzehn – im Grunde ein unattraktiver pickliger Junge in einem zu weiten Mantel. Es war mein erster Kuß: ein Mädchen namens Joan. Neunzehnhundertzweiundsiebzig. Ich erinnere mich genau an den überraschend schlechten Geruch. Ihr Mund schmeckte scheußlich, wie Tang, wie halbverdauter Wein. *So ist das also,* dachte ich. Ihre Zunge drückte sich in meinen Mund und lag dann darin wie ein glitschiges Stück Tau. Und ich empfand gar nichts, hatte überhaupt keine Lust auf sie. Der Stoff meines Mantels war so schwer, daß ich sie nicht spüren konnte; wir waren nicht wirklich zusammen. Wir berührten uns nur, weil wir uns beide selbst haßten. Nichts daran war schön oder leicht. Ich hatte immer deutlicher das Gefühl, mir für alle Zeiten einen Augenblick verdorben zu haben, der eine schöne Erinnerung hätte werden können. Als Jugendlicher meint man, daß sich das Leben nur in dramatischen Höhepunkten enthüllt. Aber aus irgendeinem Grunde kommen diese Momente nie. Man ist zu sehr mit sich selbst beschäftigt, und das macht einen immun gegen diese Momente. Wir sehen sie nicht kommen. Und deshalb empfinden wir am Ende nichts wirklich, weder Liebe noch Freude, noch

die Wahrheit eines anderen Menschen. Weder die Berührung des Körpers noch die des Geistes, die mit ihm einhergeht. Wir spüren nichts.

»Ich geh«, sagte Carla beim Anblick dieser Szene. Sie öffnete die Tür einen Spalt und spähte hinaus. »Ruf mich an«, sagte sie zu Joan.

»Warte«, sagte Joan. »Ich komm mit.«

Sie schob mich weg, starrte mir eine Sekunde lang in die Augen, als wäre dies ein grandioser Moment, als wäre unsere kurze Begegnung hohe Romantik, aber mit einem tragischen Ende, dann riß sie dramatisch die Tür auf und war weg.

»Danke fürs Mitnehmen«, sagte Carla zu uns.

Ich betrachtete sie. Ob es anders gewesen wäre, wenn ich ihren Mund geküßt hätte? Vielleicht verbarg sich das zauberhafte Aroma, von dem ich geträumt hatte, hinter dieser verächtlichen Miene? Vielleicht könnte man Licht in den Halbschatten von Verachtung und Ermüdung bringen – sie war all die Jungen leid, mit denen sie sich abgegeben hatte – und dahinter die Gefühle entdecken, die Sex offenbar zum Lieblingsthema der Erwachsenen machten.

»Gern geschehen«, antwortete Wyman. »Und gute Nacht.«

Als sie weg waren, versuchte ich, den Nachgeschmack von Joan in meinem Mund loszuwerden, und das war ein geräuschvoller Vorgang. Ich fürchtete, ich würde ihn nie wieder loswerden, er würde nicht vergehen und sich nicht abschwächen. »Sie hat schrecklich geschmeckt«, sagte ich zu Wyman. »Es war widerlich, einfach ekelhaft.«

»Hier«, sagte er. »Spül dir den Mund damit aus.« Und er

hielt eine fast volle Flasche Ripple hoch. »Die haben sie vergessen«, sagte er. »Gott im Himmel.«
Ich spülte mit dem Ripple: aber nichts konnte auslöschen, was Joan mir angetan hatte. Nichts. Nicht mal Ripple-Wein.

* * *

Wyman fuhr und sagte kein einziges Wort mehr. Ich war zu sehr mit mir beschäftigt, um mir einen Reim darauf zu machen. »Du hättest den Rotschopf nageln sollen«, sagte ich aus irgendeinem Grund immer wieder. »Die wollte das, weißt du. Bestimmt.«
»Quatsch.«
»Spinnst du Wyman? Das war doch klar. Sonnenklar. Die wollte das.«
Aber er antwortete nicht. Er fuhr weiter, die eine Hand am Steuer, mit der anderen strich er sich ab und zu über das tadellos gekämmte Haar.
»Vielleicht werd ich den Gestank in meinem Mund mit Drano los«, sagte ich. »Joan, was für 'ne Töle.«
»Eine Dogge«, sagte Wyman. »Kastriert.«
Ich lachte. Wyman auch. »Der Regen läßt nach«, sagte er.
»Komm, wir trinken den Ripple.«
»Laß uns irgendwo hingehen, wo's schön ist.«
»Wir können ihn auf dem Savoy trinken. Oben auf dem Dach. Über die Feuerleiter kommen wir rauf.«
»Gute Idee«, sagte Wyman. »Sehr gut.«
Der Plan gefiel ihm aus denselben Gründen wie mir: Wir zählten auf die Nachtluft, auf den weiten grauen Himmel, die nebelverhangene Aussicht vom Hoteldach auf die

Stadt – wir hofften, daß auf die Weise alles wieder in Ordnung kam und wir uns wieder rein und unberührt fühlten. Wie hätten wir wissen sollen, daß so etwas unmöglich ist? Was läßt man schon ganz und gar hinter sich?

»Zum Kotzen«, sagte ich wieder und kurbelte mein Fenster herunter. Ich drehte den Kopf und spuckte mit dem Wind, aber es nützte nichts.

»Trink mehr Ripple«, sagte Wyman. »Los.«

Er trank jetzt auch. Er konnte von Natur aus mehr vertragen als ich. Mit Sicherheit trinkt Wyman, wo immer er jetzt sein mag, inzwischen wie ein Fisch. Mich konnte er jedenfalls unter den Tisch trinken, als er sechzehn war. Und das gefiel ihm.

»Die Rothaarige hätte sich hingelegt«, sagte ich.

»Quatsch«, sagte Wyman.

»Aber sicher.«

»Du spinnst.«

»Die wollte das, Wyman.«

»Das ist doch Blödsinn.«

»Woher willst du das wissen?« fragte ich. »Woher denn, hm?«

»Du bist wirklich ein Spinner«, sagte Wyman.

Es war eine Wahrheit, die mir schon bekannt war. Aber sie von Wyman zu hören tat weh.

»Arschloch«, sagte ich. »Du bist der Spinner, verstehst du? Warum hast du das Mädchen nicht angemacht? Was ist los mit dir?«

Aber er antwortete nicht. Er trank und reichte mir die Flasche, ohne die Augen von der Straße zu nehmen.

»Trink«, sagte er. »Komm, wir besaufen uns.«

»Ich bin schon besoffen«, sagte ich.
»Dann sieh zu, daß du noch besoffener wirst«, sagte Wyman. »Das mach ich jedenfalls.«
Ich nahm noch einen Zug aus der Flasche, aber ich war wirklich schon betrunken und durcheinander, und je mehr ich jetzt trank, um so elender wurde mir.
»Du, Wyman«, sagte ich nach einer Weile. »Warum können deine schmierigen Kumpel mich eigentlich nicht leiden?«
»Das sind nicht meine Kumpel«, sagte Wyman. »Mit denen red ich nicht mal.«
»Na gut, aber warum hassen die mich?«
»Die hassen dich nicht.«
»Ja, sicher.«
»Tun sie nicht«, sagte Wyman. »Die denken überhaupt nicht an dich. Die bemerken dich nicht mal. Denken können die Säcke sowieso nicht.«
»Sie reden nicht mit mir«, erklärte ich.
Wyman musterte mich bedauernd. »Willst du die Wahrheit hören?« sagte er. »Hm? Willst du das? Also gut, es liegt an deinem blöden *Mantel.* Du siehst in dem Ding aus wie ein dämlicher Clown, okay? Du machst dich zum Narren damit.«
»Meinst du?«
»Ja.«
»Und warum ziehst *du* dann mit mir rum?«
»Wenn ich das wüßte«, sagte Wyman.
»Du findest meinen Mantel schrecklich?«
»Ja. Aber mir ist das egal. Lauf meinetwegen in dem blöden Ding rum, wenn du meinst, du mußt das machen.«

»Blödmann«, sagte ich.
»Genau«, sagte Wyman.
Wir stellten den Wagen ab und kletterten die Feuerleiter zum Dach des Savoy Hotels hinauf, ich in meinem Mantel, Wyman mit der Flasche Ripple in den Gürtel seiner gebügelten Kordhosen geklemmt. Es regnete immer noch etwas. Wir saßen unter einer Art Vordach. Von dort aus gesehen, erstreckte sich die Stadt bis zum Salzwasser. Keine Spur von Bewegung, von Leben in den Straßen – Seattle schien überhaupt nur existent als ein nachträglicher Zusatz zu den wesentlicheren Elementen der Landschaft: Wasser, Himmel und eintönigem Regen.
»Niemand mag mich«, erklärte ich nach einer Weile.
»Stimmt nicht«, antwortete Wyman fest.
Dann legte er mir den Arm um die Schultern. Es war etwas, was ich noch nie gespürt hatte – nicht Freundschaft, nicht Liebe, nicht Sex, nicht einmal Trost, es war letztlich das Gefühl von etwas rein Menschlichem, ohne jede Selbstsucht.
»Vergiß die Typen, ja?« sagte er. »Sind doch bloß Schmierlappen. Die können nicht begreifen, daß jemand anders ist als sie. Vergiß sie. Auf die kommt's nicht an.«
»Sind ja nicht nur die. Sind einfach alle.«
»Dann vergiß das Ganze«, sagte Wyman. »Wen kümmert das? Vergiß es. Trink noch 'nen Schluck Wein.«
»Ich kann's nicht vergessen. So einfach ist das nicht.«
»Trink.«
Ich trank.
Dan Wyman brauchte eine halbe Stunde, bis er mich überzeugt hatte. Aber am Ende warf ich meinen Mantel vom

Dach. »Für dich ist es leicht«, sagte Wyman. »Laß das blöde Ding fallen. Weg damit.« Also stand ich am Rand des Savoy über der Stadt und warf den Mantel weg. Zuerst schwebte er, dann sackte er plötzlich in die Tiefe, und schließlich war er nicht mehr zu sehen.

»Gut gemacht«, sagte Wyman mit der Flasche in der Hand. »Für dich ist es leicht. So einfach ist das.« Aber ich überlegte nicht, was Wyman damit meinte, oder warum er *sein* Alleinsein nicht so leicht abschütteln konnte. Ich dachte wie immer – mit oder ohne Mantel – nur an mich; natürlich.

* * *

Die Geschichte hat einen Epilog, anders läßt sie sich wohl nicht erzählen. Unsere Freundschaft kühlte nach einer Weile ab, zerbröckelte dann allmählich. Sie zerbrach nicht plötzlich, wir entfernten uns nur Schritt für Schritt voneinander, wurden von entgegengesetzten Strömungen erfaßt. Ich fand das ganz normal. Es tat mir nicht weh, und ich glaube, Wyman ging es genauso; wir wurden nur immer mehr zu den Personen, die wir eigentlich waren, das ist alles.

Als ich vierundzwanzig war, sah ich Wyman in einer Bar im Westteil von Seattle wieder. Er spielte mit zwei anderen Männern Pool Billard, die drei gingen mit ihren Queues um den Tisch herum und beugten sich im rauchigen Licht tief nach unten, um mit höchstem Ernst ihre Stöße zu machen. Eigentlich lag es nicht an ihrem Auftreten oder Verhalten, daß ich aus dieser Szene den Schluß zog, Wyman sei schwul, ein Homosexueller. Es war die ruhige Intimität der drei; ihr Billardspiel schirmte sie auf eine besondere Art gegen die Welt ab und machte sie zu einer in sich geschlossenen Gesellschaft, so daß vollkommen unwichtig wurde, was der Rest der Gäste von ihnen denken mochte. Wyman hatte sich einen Schnurrbart wachsen lassen. Er schien mir weit erwachsener zu sein als ich – so als wisse er jetzt schon mehr von der rauhen, zwielichtigen Seite des Lebens, als ich je wissen würde. Sein Gesicht war weicher, der Haaransatz höher und sein Körper fast unmerklich schwerer geworden. Aber natürlich bemerkte ich diese kleinen Zeichen des Alterns nur, weil ich es gewöhnt bin, Menschen genau zu beobachten. Ich kann gar nicht anders. Ich war um Mitternacht allein hierhergekommen, aus meinem Studioapartment, weil ich eine Weile unter Menschen sein wollte. Ich saß mit meinem Bier an der Bar und beobachtete Wyman. Einmal mußte er auf dem Weg zur Billardkugel an einem der anderen Männer vorbeigehen und legte dabei die Hand ganz leicht auf den Hintern seines Freundes. Der lächelte, während er den Billardtisch prüfend betrachtete. Der dritte Mann stützte sich auf sein Queue.

Ich sprach nicht mit ihm. Ich sah nur zu. Nach einer halben Stunde wanderte ich wieder in meine Wohnung zurück, wo ein Roman, den ich nie zu Ende bringen würde, auf dem Schreibtisch verstreut lag. Ich blätterte in meinem High School-Jahrbuch und suchte nach Wymans Bild, suchte mit einer Neugier, die mich selbst überraschte. *Daniel Richard Wyman* stand unter dem Bild; es zeigte einen gutaussehenden Jungen im weißen Smoking, mit weißen Zähnen und gekämmtem Haar. Hobbys: *Holzarbeiten, Jagen, Autos.*

WALDHÜHNER AUF EINEM HOHEN VORGEBIRGE MIT BLICK AUF KANADA

Ich stieg mit meinem Bruder Gary über die Schulter des Goat Peak auf: ein hohes Vorgebirge, von dem aus man bis nach Kanada hineinsehen konnte.

An dem Tag hatten wir im Wall Lake nichts gefangen. Die Fische waren da, sie beobachteten uns, aber das Wetter war ungünstig, zu schwül, und die Fische blieben unten im tiefen Wasser.

An dem Tag wollte Gary nicht von dem Krieg sprechen, aus dem er vor kurzem zurückgekehrt war. »Das brauchst du nicht zu wissen«, sagte er zu mir. »Glaub mir, Bud.« Also gab ich das Fragen nach einer Weile auf. Aber ich wußte, daß Gary Dinge gesehen hatte, von denen ich keine Ahnung hatte.

Was soll ich sagen? Ich war fünfzehn. Ich brachte viel Zeit mit Steinewerfen zu, das weiß ich noch. Ich baute mir Steinhaufen auf, ging dreißig Schritt zurück und warf dann so lange, bis ich die Haufen auseinandergesprengt hatte.

Wir sahen eine Schafherde, einen Schäferhund und einen Schäfer oben auf dem Wind Pass-Pfad. »Sind die nicht schön?« sagte Gary. Der Hirt war ein schweigsamer Mexikaner auf einem Pferd, sein Hund ein räudiger Köter; die Schafe wichen in einer langsamen weißen Woge zurück, als wir im wolkenlosen Sonnenlicht durch die Herde hindurchgingen.

Forellen hatten wir nicht zum Essen, aber etwas Käse, den ich im Bach gekühlt hatte, eine Büchse Sardinen und getrocknete Birnen. Später dann rieben wir uns mit Insektenschutz ein, setzten die Sonnenbrillen auf und nahmen Kompaß und geologische Vermessungskarte mit hinauf zum Goat Peak.

Oben breitete Gary die Karte auf einer Felsenplatte aus, legte den Kompaß daneben und sah zu, wie die Nadel zur Ruhe kam. »Da ist Kanada«, sagte er. »Ganz da hinten, das ist der Eldorado-Gipfel, und da unten ist das Chilliwak-Tal.«

Ich sah in eine Welt von Schwarzfichten hinaus, die sich endlos über Hügel und Täler erstreckten bis in das Land, von dem ich träumte. Aber meinem Bruder verriet ich kein Wort von diesem Traum, von den Bergen oder davon, einfach vom Jagen und vom Land zu leben. Mir schien es nicht passend, Gary jetzt, da er gerade nach Amerika zurückgekommen war, einen solchen Traum zu erzählen.

»Das ist die Grenze«, sagte Gary. »Wir sind in Kanada, Bud.«

Dort oben fanden wir eine eiserne Grenzmarke, die in einem Geröllhang stand – Nummer fünfundfünfzig stand darauf. Wir setzten uns daneben: eine Stelle, wo man rasten und den Sonnenuntergang betrachten konnte.

»Das Paradies der Wehrdienstverweigerer«, sagte Gary.

Wir gingen mehrmals über die Grenze, wechselten zwischen den Ländern hin und her, genossen die Freiheit, niemandem Rechenschaft darüber geben zu müssen.

Allmählich schwand das Licht im Nordwesten, nur ein sichelförmiger Rest schimmerte noch schwach über dem Horizont. Der Himmel über uns erhellte sich, während die Erde, auf der wir saßen, im letzten Zwielicht kalt wurde.

In diesem letzten Licht sahen wir sie dann – *Heuler* nannte unser Vater sie immer –, eine Kette von Waldhühnern, die sich ihren Weg durch die scharfen Bruchsteine eines mit Geröll bedeckten Hanges suchten.

»Sieh mal«, sagte Gary. »Da.«

Ich hob einen Stein von der Größe eines Baseballs auf und beobachtete sie – bildete mir ein, ein Jäger wilder Tiere zu sein.

»Sie sind wunderschön«, sagte Gary. »Sieh sie dir nur an.«

Ich warf, und die Kette stob im grauen Licht auseinander, schwirrende, schlagende Flügel, Vögel, die sich den Hang hinabwarfen, aber einer schien aufwärts zu springen, so daß er sich einen Moment lang als Schatten vor dem Himmel abzeichnete, mit weitgespannten Flügeln, sein Ruf *wuut wuut wuut wuut wuut to-wuut* schien an den Himmel gerichtet zu sein, dann überschlug er sich im Flug und stürzte im Bogen kopfüber in das im Dunkel liegende Geröll.

»Mein Gott«, sagte Gary. »Warum hast du das gemacht?«

Ich wußte keine rechte Antwort. Ich sagte: »Ich hab nicht gedacht, daß ich einen treffen würde, Gary.«

Wir gingen hinunter und blieben an der Stelle stehen, wo der Vogel zwischen den Steinen starb. Es war eine große Henne – rußfarbene Schwanzfedern, ein paar weiße Streifen am Bürzel, ein schmales bläuliches Band, wo die Flanken sich verjüngten. Mein Stein hatte sie mitten auf die

Brust getroffen. Beim Aufprall auf den Boden war ein Flügel gebrochen.
»Mein Gott«, sagte Gary. »Guck bloß, was du gemacht hast.«
Ich sagte gar nichts. Was hätte ich sagen sollen. Wir beide standen da und betrachteten die Henne.
»Mein Gott«, sagte Gary wieder.
Ihr war nicht mehr zu helfen. Die anderen Vögel waren längst weg. Der eine heile Flügel zuckte auf dem Stein. Das Leben sickerte aus ihr heraus, ins Geröll, in die Erde, aus der es gekommen war.
»Ich mach dieser Quälerei ein Ende«, sagte Gary. »Gott verzeih mir.«
Er hatte Tränen in den Augen, mit denen ich nicht gerechnet hatte.
Er stellte seinen Stiefel auf den Kopf des sterbenden Vogels, die Sohle auf das lebendige klare Auge – und drückte ihn dann auf den Stein nieder, während die Flügel noch ein letztes Mal heftig zuckten. Unmittelbar bevor der Vogel starb, entfalteten sie sich krampfartig zu voller Spannbreite.
»Das war's«, sagte Gary und weinte ohne Scham – er weinte einfach, während er mit mir redete. »Das ist alles. Mehr ist nicht dabei, Bud.«

* * *

Wir stiegen den Berg hinab und durch das Tal zum Wall Lake. Wir sahen keine Forellen, die bei der Futtersuche die Oberfläche berührten, kein Laut war zu hören außer dem Quaken der Frösche.

Nachdem wir unser Abendbrot, Bohnen mit Chilipulver und weißem Reis, gegessen hatten, saßen wir noch eine Weile am Propangaskocher.
»Wie ist es dir denn so gegangen?« fragte Gary. »Was hast du gemacht?«
Ich erzählte ihm, daß ich nicht ins Basketballteam gekommen war, daß ich mich mit Mike Kizinski geprügelt hatte, und andere Sachen, die eigentlich nicht wichtig waren.
»Es macht Spaß, von alldem zu hören«, sagte Gary. »Erzähl weiter, Bud.«
Aber das tat ich nicht. Ich war jung und wußte es nicht besser. Und statt weiterzuerzählen, fragte ich ihn das, was ich schon lange wissen wollte: »Hast du in Vietnam jemanden getötet?« sagte ich.
»Ob ich in Vietnam jemanden getötet habe?« fragte Gary.
»Hast du?«
»Ob ich in Vietnam jemanden getötet habe«, sagte Gary. »Ob ich in Vietnam jemanden getötet habe.«
Und wieder fing er an, leise zu weinen, und wieder war es etwas, womit ich nicht gerechnet hatte.
»Es tut mir leid«, sagte ich. »Ehrlich.«
Aber er weinte weiter. Er weinte, ohne sich zu schämen. Er weinte so, wie ich es nicht für möglich gehalten hätte. Er wischte sich nicht die Augen und versuchte nicht aufzuhören. Er weinte einfach.

* * *

Später nahmen wir unsere Schlafsäcke von dem Ast der Polarkiefer, über den wir sie zum Auslüften gehängt hatten, und breiteten sie auf dem Boden aus, wo wir uns am

Abend zuvor einen Lagerplatz freigeräumt hatten. Wir lagen beide ganz eingemummt in unsere Schlafsäcke, nur das Gesicht war zu sehen, die Kapuzenbänder hatten wir fest um den Kopf gezogen, so daß der Ablauf des Schmelzwassers auf den Kieseln im Bachbett nur als gedämpftes Rauschen zu hören war, eine dahinfließende Musik, die in unseren Ohren anfing und endete. Wir lagen nebeneinander, starrten hinauf in die Sterne und redeten darüber, wie unmöglich es war, sich *Lichtjahre* vorzustellen, wie wahrscheinlich es sei, daß es Leben auf dem siebten Mond des Saturn gebe, wie viele Jahre es wohl noch dauerte, bis die NASA einen Mann zum Mars schickte. Wir unterhielten uns über eine Theorie, die Gary in einem Buch gefunden hatte – daß Zeit und Raum nicht wirklich existierten, daß alles in Wirklichkeit ganz anders sei, unerkennbar für uns. Nach einer Weile gaben wir das Reden über diese sinnlosen Dinge auf und suchten am Himmel nach den Lichtpunkten der Satelliten zwischen den für immer fixierten Sternen. Wir sahen zu, wie sie sich langsam auf den Horizont zubewegten, da die Gravitation der Erde sie nicht losließ, so daß sie in einer unerbittlich geraden Linie aus dem Gesichtsfeld entschwanden. Gary sagte, daß ein Satellit notfalls eine Nahaufnahme von uns in unseren Schlafsäcken machen könne, sobald der Himmel hell genug geworden sei.

»Aber das ist ganz egal«, sagte er. »Hier oben ist es wunderbar. Ich bin froh, daß wir hierhergekommen sind. Ich bin froh, daß wir da sind.«

Minuten später hörte ich, daß er eingeschlafen war, und ich fing an, mich in diesen Bergen einsam zu fühlen. Und ich konnte nicht einschlafen; ich schämte mich über mich selbst. Aber später merkte ich, daß Gary auch wieder wach war, und dann blieben wir die ganze Nacht wach und redeten.

»Zwei Schlaflose«, sagte er nach einer Weile. »Verrückt, Bud. Irre.«

»Aber wenigstens haben wir jemanden zum Reden«, sagte ich.

»Wenigstens das«, sagte Gary.

PIRANHAS

Eines Abends öffnete sich die Tür zu Pauls Zimmer, und seine Eltern kamen mit ihren Gästen herein. »Pauls Zimmer«, stellte Pauls Mutter vor. »Und Paul.«

»Und das Zimmer ist ans Intercomsystem angeschlossen?«

»Sicher. Wie das ganze Haus.«

»Also könnt ihr ihn über die Anlage rufen, wenn er zum Abendessen kommen soll. Wie praktisch.«

»Wenn es so was wie Abendessen gäbe«, sagte Pauls Mutter. »Wenn das Abendessen existierte, dann ja.«

Sie lachte etwas gekünstelt über ihren eigenen Ausspruch. Die Gäste verteilten sich über das Zimmer, sahen sich alles ruhig und distanziert an, blickten aufmerksam auf die Wände, den Fußboden. Paul saß auf der Bettkante, Hände im Schoß, und beobachtete sie schweigend.

»Er hat einen eigenen Fernseher«, sagte jemand.

»Ja, er hat einen eigenen Fernseher«, sagte Pauls Mutter.

»Streng geregelt«, setzte sein Vater hinzu. »Die Hausaufgaben müssen ordentlich gemacht sein, bevor der Fernseher angeht.«

Jetzt sahen die Gäste Paul neugierig an. Er glaubte zu wissen, was sie dachten: War er vielleicht ein Junge, der

Schwierigkeiten in der Schule hatte? Waren seine Hausaufgaben ein Familienproblem?
»In welcher Klasse bist du, Paul?« fragte jemand.
»In der siebten«, sagte seine Mutter. »Wir haben ihn früh eingeschult.«
»Sieh mal«, sagte ein Gast nachdrücklich. »Die Sprechanlage ist ganz leise gestellt. Wie kann er überhaupt irgendwas hören?«
»Das kann er nicht«, sagte Pauls Mutter. »Wir benutzen die Anlage eigentlich nie. Sie ist nur da.«
»So habe ich mir das mit Intercom immer vorgestellt. Die Kosten sind nicht vertretbar.«
»Ach komm«, antwortete Pauls Mutter. »Eins muß ich dir sagen. Sie war sehr praktisch, als Paul ein Baby war. Da konnten wir oben hören, wenn er weinte.«
»Also wie teuer ist so eine Anlage? Gib uns doch mal ein paar Zahlen.«
»Ich erinner mich nicht«, antwortete Pauls Mutter.
»Wir haben sie mit dem Haus übernommen«, sagte Pauls Vater.
»Na ja, aber wozu soll die gut sein, wenn ihr sie nicht benutzt?« sagte der Gast. »Dann habt ihr nur einen Haufen unnütze Drähte in den Wänden.«
»So ist es«, sagte Pauls Mutter. »Unnütze Drähte.«
Aus irgendeinem Grund lachten alle darüber. Dann, als hätten sie sich ohne Worte darüber verständigt, fanden sie, es sei Zeit für die nächste Station der Hausbesichtigung .
»Heh, Paul«, sagte jemand. »Du hast vielleicht Glück, daß du in so einem Haus wohnst. Und ich wette, du weißt das gar nicht zu schätzen.«

Wieder starrten alle Paul an. Sie standen in einer Gruppe an der Tür, Gläser in den Händen, gelangweilt.
»Er ist ein Stiller«, erklärte Pauls Mutter. »Sag auf Wiedersehen, Paul.«
»Auf Wiedersehen«, sagte Paul. »Bis bald.«
Sie gingen. Er konnte sie in der Diele hören. »Ich muß euch unsern neuen Whirlpool zeigen«, sagte seine Mutter gerade. »Er ist *phantastisch.*«

* * *

Als Paul am Montagnachmittag im Regen nach Hause ging, machte er einen Abstecher in die Zoohandlung in der Fünfundsechzigsten Straße.
»Naß draußen«, sagte der Mann hinter dem Ladentisch zur Begrüßung. »Du weißt, wovon ich rede? *Naß.*«
Der Mann hatte einen altmodischen Schnurrbart und eine schwarze Plastikbrille. Er stand an der Kasse, hatte einen Bleistift hinters Ohr gesteckt, aß Popcorn aus einer braunen Papiertüte, und Paul fand ihn etwas unheimlich, ohne zu wissen, warum. Sein Geschäft wirkte unbestimmt bedrohlich, wie ein Labor im Keller. Vier Reihen Aquarien verloren sich im Dunkel. Nur sie waren beleuchtet – nichts sonst. Die Fische schwebten wie im Traum hinter den sicheren Glaswänden ihrer beleuchteten Behälter. Der Laden roch nach Dschungel; Dunst beschlug alle Fenster. In einem anderen Raum sangen Vögel in Käfigen.
»Mann«, sagte Paul. »Schön hier.«
»Sieh dich um«, empfahl der Mann. »Nur zu. Du mußt ja wieder trocken werden. Leg deine Bücher ab und schau dich in Ruhe um.«

»Okay«, sagte Paul. »Danke.«

Er wanderte durch die Reihen, spähte in jedes Aquarium, stützte die Hände dabei auf die Knie und fühlte sich auf einmal riesengroß. Der Mann hatte über jedes Aquarium ein Schild gehängt: PARADIESFISCH – AUS TAIWAN; SCHOKOLADENGURAMI – MALAJISCHE HALBINSEL; BUNTBARSCH – AUS DEM ZAIREBECKEN. Die eingesperrten Fische schienen ein Leben ohne Mühe und ohne Ziel zu führen. Sie hingen still in Ecken, ein Auge auf die Glaswand gerichtet, oder schnellten kurz an die Oberfläche. Manche schwammen eifrig, aber die meisten schienen begriffen zu haben, daß das wenig Sinn machte. Sie ließen sich treiben, wohin das Wasser sie spülte, wenn es aus den Filtern blubberte.

Paul beobachtete sie eine ganze Weile. Er kam zu dem Schluß, daß die Fische in einer ganz unbedeutenden Welt abgeschlossen für sich lebten, während andere über sie entschieden, andere, die ihrem Leben so fern waren, daß alle ihre Besonderheiten als einzelne Fische verschwanden. Vielleicht hatten sie das ganze Elend der Gefangenschaft erfahren; vielleicht war ihnen auf dem Transport aus einer exotischen Heimat ihre Einsamkeit auf der Welt deutlich geworden. Jetzt wiegten sie sich in ihren Wasserkäfigen im Vergessen oder Erinnern, im Ungewissen darüber, ob das, was ihnen im Lauf der Stunden zustieß, eine wirkliche Existenz ausmachte. Paul versuchte sich vorzustellen, wie sie wohl früher gelebt hatten: frei, mit einem warmen, unbegrenzten Ozean als Lebensraum; wie sie fröhlich hin und her flitzten, um die Wette nach Futter jagten und lebten, wie sie wollten. Er stellte sich vor, daß

sie alle einzigartig waren, jeder für sich, nach dem Plan der Natur.
Als er aufsah, merkte er, daß der Mann hinter dem Ladentisch ihn aufmerksam beobachtete. Er stand immer noch an der Kasse und stopfte sich Popcorn in den Mund.
»Du interessierst dich für Fische«, sagte er zu Paul. »Das sieht man.«
Paul nickte.
»Fang klein an«, riet ihm der Mann. »Vierzig Liter höchstens. Probier aus, ob es dir gefällt, dann kannst du's langsam steigern. Du hast jede Menge Zeit.«
»Ich weiß schon, daß es mir gefällt«, sagte Paul.
Der Mann schob sich Popcorn in den Mund. »Ach ja?« sagte er. »Woher willst du das wissen?«
»Ich weiß es einfach«, sagte Paul. »So bin ich eben.«
»Aha«, sagte der Mann. »Na gut. Wenn du dich so genau kennst, *gut.*«

* * *

Um halb sieben kam Paul nach oben. Seine Eltern waren jetzt im Wohnzimmer – er hatte fünfzehn Minuten zuvor gehört, wie sie die Haustür aufschlossen, er hatte ihnen Zeit gelassen, bis sie es sich bequem gemacht hatten. Das Fernsehen lief: Nachrichten. Sein Vater saß im Schaukelstuhl, die Füße auf einem Sitzpolster, und hörte mit Kopfhörern CDs, die Post lag verstreut auf dem Fußboden neben ihm. Seine Mutter saß mit hochgezogenen Beinen auf dem Sofa und blätterte in einem Versandkatalog.
»Hallo«, sagte Paul. »Ihr seid wieder da.«

Sein Vater nahm die Kopfhörer ab. »Hallo«, sagte er. »Hast du nach der Schule die Stereoanlage benutzt, Paul? Jemand hat sie angelassen.«
»Nein«, sagte Paul. »War ich nicht.«
»Du vergeudest Strom«, sagte seine Mutter.
»Ich hab sie nicht benutzt«, wiederholte Paul.
Sie hörten auf zu reden, um eine Fernsehreklame anzusehen. Ein Auto hob von der Straße ab und flog in die Tiefen des Weltalls hinaus. Dann kehrte es zurück, eine Frau stieg ein. Ein Mann in Jeans, lässig an einen Schuppen gelehnt, sah zu, wie sie vorbeifegte. Sie kurvte um eine Ecke, stieg vor einem Nachtclub aus. Ein schwitzender Mann spielte neben einer Fontäne Saxophon. Die Frau fuhr wieder, ihre lavendelblauen Fingernägel glitten über die Polster. Ein Mann saß vor einer Tankstelle, in den Bergen hinter ihm ging die Sonne unter; er kratzte sich am Kopf, als die Frau vorbeischoß.
»Langweilig«, verkündete Pauls Mutter und blätterte eine Seite in ihrem Versandkatalog um.
Paul wanderte in die Küche. Eine Zeitlang öffnete er Schränke, sah sich den Inhalt an: Nudeln, Olivengläser, Salatsoße in Flaschen. Sein Vater kam herein, ging zum Kühlschrank, holte sich ein Bier heraus, öffnete es und trank im Stehen, an die Küchentheke gelehnt.
»Wir können was in die Mikrowelle stellen«, sagte er und lockerte seine Krawatte. »Einverstanden, Paul?«
Paul nickte.
Der Vater öffnete den Tiefkühlschrank. »Bœuf Stroganoff«, las er vor. »Heilbutt in Sahnesoße, Pasta Marinara, Shrimp Gumbo – was soll's ein?«

»Bœuf Stroganoff«, sagte Paul.
»Ich bin für Heilbutt«, sagte sein Vater. Er öffnete das Mikrowellengerät.
»Kann ich ein Aquarium haben?« fragte Paul.
»Was?«
»Ich möchte mir ein Aquarium kaufen«, sagte Paul.
»Ein Aquarium?« sagte der Vater. »Wozu?«
»Ich hätte gern eins, nur so. Kann ich?«
»Ich weiß nicht«, sagte sein Vater. »Frag lieber deine Mutter, Paul.«
Sie gingen zusammen ins Wohnzimmer.
»Ein Aquarium«, sagte seine Mutter. »Wo willst du das aufstellen?«
»In meinem Zimmer«, antwortete Paul. »Bitte.«
»Macht es Schmutz?«
»Nein.«
»Wer putzt es, wenn es geputzt werden muß?«
»Ich. Ich verspreche es, Mom.«
»Ich weiß nicht«, sagte seine Mutter.
Sie blätterte in ihrem Katalog.
»Es ist ja nicht wie 'n Hund oder 'ne Katze«, sagte sein Vater. »Wenn du mich fragst, ich bin dafür, Kim.«
»Was findest du denn an Fischen?« sagte seine Mutter.
»Ich weiß nicht«, antwortete Paul.
»Die kannst du doch nur *ansehen*, sonst nichts«, sagte seine Mutter.
»Das weiß ich«, sagte Paul.
»Um wieviel Geld geht es dabei?«
»Ich weiß nicht«, erklärte Paul. »Ich könnte ja mein Weihnachtsgeld nehmen.«

Seine Mutter warf ihren Katalog auf den Couchtisch. Sie stand auf, schüttelte sich die Haarfransen aus den Augen, strich sich eine Falte vorn an ihrem Rock glatt, streckte sich gegen die Zimmerdecke, bis nur noch die Zehen den Teppich berührten, ballte die Hände über dem Kopf zu Fäusten – und gähnte.
»Nein«, sagte sie. »Dein Weihnachtsgeld läßt du schön auf der Bank, verstanden? *Ich* kauf dir das Aquarium.«
»Ich möcht es selbst bezahlen«, sagte Paul.
»Das tust du nicht«, sagte seine Mutter. »*Ich* zahl es.«

* * *

Ken, ein Schulfreund, der einen Skiparka trug und Gel in sein blondes Haar schmierte, kam eines Nachmittags, um sich das neue Aquarium anzusehen.
»Irre«, sagte er. »Der da mit dem Dings auf der Nase.«
»Das ist ein Elefantenrüsselfisch«, sagte Paul.
»Und was hat der da?«
»Das ist ein Severum. Dem wurde der Schwanz angeknabbert. Der Kerl da – der Jack Dempsey –, der macht so was. Der ist *ruppig.*«
»Toll!« sagte Ken. »Kämpfen die?«
»Nein.«
»Hast du schon mal einen Siamesischen Kampffisch gesehen?«
»Nein.«
»Ich hab die im Fernsehen gesehen«, erklärte Ken. »Das ist toll. Die bringen sich gegenseitig um. Man wirft sie zusammen in ein Aquarium und sieht zu, wie sie kämpfen.«
»Wirklich?«

»Die Leute schließen Wetten ab, wer gewinnt, in China, glaub ich.«
»Wirklich?«
»Das ist irre«, sagte Ken.
»Hast du schon mal zwei Katzen kämpfen sehen«, fragte Paul. »Das ist irre. Sie –«
»Die bumsen«, sagte Ken. »Das ist was anderes.«
Paul schwieg.
»Wie heißen die gestreiften?« fragte Ken.
»Das sind Bandbarben.«
»Die sind irgendwie klein.«
»Ja, irgendwie schon.«
»Vielleicht könnte der Jack Dempsey-Fisch die kleinen fressen. Wie kommt es, daß die nicht aufgefressen sind?«
»Die sind schnell«, sagte Paul. »Die hauen ab.«
»Aha. Und was ist mit den blauen da? Die sehen nicht so schnell aus.«
»Ich weiß nicht«, sagte Paul. »Das sind Guramis. Die läßt der Dempsey in Ruhe.«
»Und der da?« fragte Ken und tippte an die Glaswand. »Dieser? Da drüben?«
»Das ist ein Rotschwanzkärpfling.«
»Toll«, sagte Ken. »Was frißt der?«
»Die fressen alle dasselbe«, erklärte Paul. »Dies Zeug hier.«
Er hielt eine Büchse Tetramin hoch. »Das ist wie Blätter und so was.«
»Vielleicht solltest du ihnen *Fleisch* reinwerfen«, empfahl Ken. »Damit sie größer werden – die sehen ein bißchen mickrig aus.«

»Die werden nicht größer«, sagte Paul. »Wenn du sie größer haben willst, mußt du sie in ein größeres Becken setzen.«
»Hast du den Film gesehen?« fragte Ken. »Von dem Mädchen, das mit seinem Vater nach Südamerika fährt. Er ist Wissenschaftler oder so. Sie zieht ihre Kleider aus und will schwimmen gehen, und die *Piranhas* fressen sie. Das ist irre.«
»Hab ich gesehen«, sagte Paul. »Ekelhaft.«
»Meinem Freund ist schlecht geworden«, sagte Ken. »Mir nicht. Weißt du noch, wie der Wissenschaftler umkommt?«
»*Das* war ekelhaft. *Echt* ekelhaft.«
»Ja«, sagte Ken. »Kommst du mit zur Spielhalle?«
»Ich darf nicht«, sagte Paul. »Meine Eltern lassen mich nicht.«
»Meine auch nicht«, sagte Ken.

* * *

Nachts, wenn alle Lampen außer der Beleuchtung des Aquariums ausgeschaltet waren, beobachtete Paul die Fische von seinem warmen Bett aus. Er fand ihre Passivität schrecklich. Eigentlich sollte ihnen die Galle überlaufen, sie sollten sich den Schädel an der Glaswand einschlagen. Aber es waren bloß Fische, und so zogen sie wie Gespenster ihrer selbst durchs Wasser, Seelen, die sich nicht verwirklichen konnten. Weder konnten sie einen Fluchtplan schmieden noch gegen ihre Lebensbedingungen revoltieren. Sie konnten keine Fragen stellen, und ihre Welt war sowieso warm und hell, und in regelmäßigen Abständen tauchte Nahrung darin auf. Was hieß das wohl, ein Fisch zu sein; hörten sie ihn, wenn er laut mit ihnen redete? Und wenn er das Gesicht an die Glaswand drückte, war er dann für sie anwesend, oder war er nichts? Und was fingen sie mit der Tatsache an, daß ihre Welt Formen hatte, Linien und Kanten, eine beengte Geometrie? War ihr Gehirn so abgestumpft, daß sie unter den gegebenen Bedingungen ein zufriedenes Leben führten? Sogar Fische mußten die Gefangenschaft als eine quälende, unaufhörliche Form des Leidens erfahren. Ein Leben lang in dieser zum Wahnsinn treibenden trägen Bequemlichkeit zusammen eingesperrt, mußten sie allmählich den Verstand verlieren oder aber sterben. Und so kreisten sie oder hingen im Leeren oder standen lahm und übellaunig dicht über dem Kiesboden. Sie haßten und ignorierten einander ohne Ende, und wenn das Licht in ihrer Behausung nachts erlosch, schliefen sie, dankbar, daß ihre Welt ausgelöscht war, bis sie am nächsten Morgen zu ihnen zurückkehrte. Und das durchlebten sie – entschied Paul – mit Gedanken, die ihrer Stellung in der Ordnung des Seins entsprachen. Das hatte Paul kürzlich in der Schule gelernt: Diese Fische waren eben nur Fische und deshalb dazu bestimmt, höchstens eine Andeutung von Verstand zu haben, vielleicht nicht einmal das; niemand wußte es.

Paul dagegen würde älter werden und verstehen. Er fing eigentlich schon an mit dem Begreifen: er war zwölf.

* * *

»Piranhas?« sagte der Mann in der Zoohandlung und putzte sich die Brillengläser mit dem Hemdzipfel. »Piranhas sind bösartig, verstehst du? Die bringen dir deine anderen Fische sofort um.«

»Ich hab das im Film gesehen«, sagte Paul. »Die fressen Menschen.«
»Nur wenn man ins Wasser geht«, sagte der Mann und kniff ein Auge zu. »Komm mal mit und sieh sie dir an.«
Sie gingen ans Ende der aufgereihten Aquarien. Sie kamen zu einem mit rostrotem Kies und mit Algen an den Wänden. Der Mann blieb mit ernstem Gesicht stehen. Dann summte er auf einmal die Musik aus dem Film *Der weiße Hai* vor sich hin.
»Piranhas«, sagte er. »Da.«
Paul sah hinein. Ein Dutzend Fische zogen ruhelos im Schwarm herum, silberne, dickleibige Fische mit stumpfem Maul, nicht größer als ein Zehnpfennigstück.
»Eine Menge Leute kaufen die«, erklärte der Mann. »Im Prinzip hast du zwei Möglichkeiten. Du richtest dir ein eigenes Aquarium für die Piranhas ein, nur Piranhas, sonst nichts. Oder du legst sie mit deinen anderen Fischen zusammen und ziehst sie vegetarisch auf. Wenn du sie gar nicht erst auf den Geschmack von Fleisch kommen läßt, sind sie bald so zahm wie der Rest. Du mußt nur bedenken, daß sie diesen Instinkt haben. Sobald sie anfangen, einem Fisch am Schwanz oder an den Flossen zu knabbern, mußt du sie schleunigst rausholen – sonst machen sie Ärger.«
»Rausholen?« sagte Paul. »Und dann?«
»Du kannst sie ins Klo werfen und runterspülen«, erklärte der Mann. »Das überleben die nicht – zu kalt hier bei uns.«
Er bückte sich und klopfte an die Wand des Aquariums. Die Piranhas flitzten auseinander, eine halbe Sekunde lang waren sie in wogender Bewegung, dann nahmen sie ihr stilles Kreisen wieder auf.

»Sieh dir das genau an«, sagte der Mann. »Ihre Zähne sind kleine Dreiecke. Richtige Zähne. Zwei Reihen kleine Rasiermesser.«
Paul bückte sich, stützte die Hände auf die Knie. Der Mann legte den Zeigefinger an die Glaswand des Aquariums und zeigte sinnloserweise auf die kreisenden Fische.
»Zähne«, sagte er. »Bösartige kleine Biester.«
»Was kosten die?« fragte Paul.
Der Mann sah ihn an. Er nahm die Brille ab, sah ihn wieder an. Er blinzelte immerzu.
»Du bist interessiert«, sagte er. »Dann laß dir eins gesagt sein: Piranhas werden zur *Sucht*, ist das klar? Entweder du bist ganz dabei, oder du wirfst sie ins Klo. Einen Mittelweg gibt es dabei nicht. Du kannst sie mit Fleisch füttern, dann werden sie teuer; du kannst es lassen, dann werden sie langweilig – wie jeder beliebige Fisch. Verstehst du, was ich sagen will?«
»Ich glaub ja«, antwortete Paul.
»Gut«, sagte der Mann. »Gut.«
Sie blieben noch einen Moment stehen und sahen den Piranhas zu. »Also«, sagte der Mann. »Ich laß dich jetzt allein, damit du noch mal drüber nachdenken kannst. Sag mir dann Bescheid, wozu du dich entschlossen hast.«
»Ich nehm acht«, erklärte Paul. »Was kostet das?«
»Acht?« sagte der Mann. »Dafür brauchst du noch ein Aquarium, weißt du das? Acht? Das ist viel für den Anfang.«
»Mir gefallen die«, sagte Paul. »Sie sind interessant.«

* * *

Ken stand da und sah in das neue Aquarium hinein, das neben dem ersten aufgebaut war. »In Ordnung«, sagte er. »Genau wie die im *Film.*«
Paul saß auf der Bettkante. Die Piranhas sprachen für sich.
»Was gibst du ihnen zu fressen?« fragte Ken.
»Alles mögliche«, sagte Paul. »Du weißt schon.«
»Was zum Beispiel?«
»Thunfisch meistens. Anderes Zeug auch.«
»Insekten?«
»Nein.«
»Was dann?«
»Kaulquappen«, sagte Paul. »Die hab ich aus der Schule. Da drüben in dem Glas sind sie.«
»Irre«, sagte Ken. »Laß mal sehen.«
»Ist nicht so was Besonderes«, sagte Paul.
Ken holte das Glas mit den Kaulquappen. »Kann ich ein paar reinwerfen?« fragte er. »Bitte?«
»Meinetwegen«, antwortete Paul.
Sie sahen zusammen zu, wie die Piranhas fraßen. Eigentlich ging es ganz geruhsam zu. Keine wilde Gier und Hast. Sie schwammen heran, die Kaulquappen zappelten umsonst. Friedliches Fressen.
»Siehst du?« sagte Paul. »Ich glaub, das kommt vom Leben im Aquarium oder so. Die werden nicht verrückt wie in dem Film.«
»Der Film war besser«, sagte Ken zustimmend.
»Ich hab im Lexikon nachgelesen«, sagte Paul. »Sie leben in diesem Fluß irgendwo. Wenn 'ne Kuh ins Wasser geht, fallen sie über sie her und machen sie im Nu zum Skelett. Sie schwimmen in großen Schwärmen herum und jagen.

Wenn sie andere Fische finden, fressen sie sie auf. Manchmal auch Menschen. Eingeborene, die ihre Kleider im Fluß waschen und so.«

»Kein Witz?« sagte Ken. »Ehrlich wahr?«

Paul gab keine Antwort. Er legte sich aufs Bett.

»Heh«, sagte Ken. »Gib ihnen doch mal was richtig Großes zum Fressen. Vielleicht werden sie dann wild.«

»Was denn?«

»Vielleicht einen Goldfisch oder so was. Einen Fisch eben. Schmeiß einen rein und guck, was passiert.«

»Wozu?« sagte Paul.

»Du weißt schon«, sagte Ken. »Damit sie ihn *fressen.*«

»Daran hab ich auch schon gedacht«, sagte Paul.

* * *

Sie waren böse, das sah er abends, blind auf Blutvergießen aus. Während er sie beobachtete, verstand Paul, wie befreiend diese gemeinsame Gier sein mußte: Die Piranhas – das war schließlich ihr Instinkt – hatten eine unsichtbare Grenze überschritten und waren in der Gemeinsamkeit Tausender aufgegangen. Er konnte sich nicht einmal als ihr Besitzer fühlen; sie trotzten jedem Besitz; treu waren sie nur einander. Sie waren ein einziger Organismus, jeder für sich Teil eines Ganzen, das größer war als er selbst. Und keiner war allein – das, was sie zu einem Ganzen machte, brachten sie mit in die Gefangenschaft und hielten auch gegen alle Realität daran fest. So, wie er sich in den Nächten zuvor die anderen Fische in ihrem früheren Leben vorgestellt hatte, machte er sich nun ein Bild von den Piranhas in ihrer alten Umgebung – wie sie mit ihren Artgenossen zu Tausenden in Schwärmen dahinzogen, angelockt von Fleischgeruch, der sie durch die Strömung trieb, im warmen, sicheren Aufruhr der Jagd, im Rausch des Blutvergießens. Er träumte, daß er in einem früheren Leben dieses Gefühl auch erfahren hatte: sicher aufgehoben zu sein in einer Masse von seinesgleichen, bis ins Innerste beteiligt an einer Welt voller Ziele, Leidenschaft, Bestätigung, Handeln; in einer Umgebung, in der er das Unmögliche, Liebe, fand, uneingeschränkt akzeptiert wurde und den Platz einnehmen konnte, der ihm zustand.

Eines Abends hatte er die Fische lange beobachtet und ging noch spät hinauf auf den Dachgarten des Hauses. Er wollte, wenn es ging, die Sterne oder den Mond sehen – oder was sonst zu sehen war. Aber statt dessen waren seine Eltern in ihrem Whirlpool, sie küßten sich leidenschaftlich, und die Hand seines Vaters lag auf den Brüsten seiner Mutter; sie kamen zusammen aus dem Wasser hoch, der bleiche, magere Rumpf seines Vaters tauchte auf, und seine Mutter stemmte ihre braunen Fersen gegen seine Waden. Er sah, daß sie sich mit einer wütenden Leidenschaft begegneten, die nicht zu befriedigen war, daß ihre Liebe wie alles andere in ihrem Leben war – er sah die Heftigkeit ihrer Unzufriedenheit mit allem.

Seine Mutter küßte seinen Vater auf den Hals, die haarige Schulter, das Ohrläppchen, und dann legte sie ihre Wange an seine und starrte in Pauls Augen.

»Raus hier«, fauchte sie. »Also wirklich, Paul.« Pauls Vater wirbelte herum und starrte ihn ebenfalls an. »Paul«, sagte er. »Gott noch mal.«

Sie ließen sich wieder ins Wasser fallen, jeder für sich.

Seine Mutter nahm ein Glas vom Beckenrand. Sein Vater lachte ins Dunkel hinein.
»Was ist so komisch?« sagte Paul.
»Wie wär's, wenn du uns etwas Privatleben gönntest?« sagte seine Mutter.
»Entschuldigung«, sagte Paul. »Es war ein Versehen.«
»Geh ins Bett«, sagte sein Vater. »Es ist schon spät, Paul. Okay?«
Er lachte wieder. Pauls Mutter trank noch einen Schluck Wein. Dann rutschte sie seinem Vater auf den Schoß.
»Hast du verstanden?« sagte sie zu Paul. »Geh schon, okay?«

* * *

Er ging in sein Zimmer und warf einen blauen Gurami in das Aquarium der Pirañas. Sie arbeiteten ganz methodisch an dem Fisch. Sie bissen hier ein Stück und da ein Stück heraus, zuerst Schwanz und Flossen, dann die Flanken, schließlich den Hinterkopf. Der Gurami schwamm nach kurzer Zeit mit dem Bauch nach oben. Später fischte Paul das Skelett heraus.
In der nächsten Nacht gab er ihnen den Rotschwanzkärpfling. Es war ein ungleicher Kampf; sie verzehrten den Fisch mit erstaunlicher Geschwindigkeit. Die beiden Severa wurden zusammen verfüttert. Die Bandbarben mußten erst müde gemacht werden. Der Dempsey wehrte sich, starb und wurde verschlungen.
Der Elephantenrüsselfisch wanderte als letzter in das Piranha-Becken. Er wurde von allen Seiten angegriffen; viel Blut floß. Der Fisch gab auf, und die Piranhas rissen

ihm das Fleisch aus den Flanken, bis nur das Skelett übrig war.

Am nächsten Tag kam Molly, die Putzfrau, in Pauls Zimmer und sah, daß das Aquarium leer und ohne Deckel war, daß das Wasser durch den Filter zirkulierte, daß die Pumpe arbeitete, das Licht am Thermostaten leuchtete – aber keine Fische mehr da waren, nicht einer, nur Wasser. Sie berichtete Pauls Mutter von dieser merkwürdigen Tatsache.

»Die sind alle gestorben«, erklärte Paul ihr. »Das ist alles.«

»Hast du sie denn gut versorgt?« fragte seine Mutter. »Hast du sie gefüttert?«

»Ich hab sie versorgt«, sagte Paul. »Natürlich hab ich sie gefüttert.«

»Und, was ist passiert?«

»Ich weiß es nicht.«

»Was hast du denn mit ihnen gemacht?«

»Ich hab sie ins Klo geworfen und runtergespült.«

»Oh Gott«, sagte seine Mutter. »Also wirklich!«

* * *

An dem Abend kam Pauls Vater in sein Zimmer. Er setzte sich auf Pauls Schreibtisch und stellte die Füße auf Pauls Stuhl. Er sah zu den Aquarien hinüber und seufzte.

»Du hast die Piranhas aufgeteilt, wie ich sehe«, sagte er. »Warum, Paul? Wozu soll das gut sein?«

»Die werden größer«, sagte Paul. »So haben sie mehr Platz.«

»Meinst du nicht, daß sie schon groß genug sind?« fragte sein Vater. »Die werden ja *riesig*.«

»Auf keinen Fall«, sagte Paul.
Einen Augenblick lang waren beide still. Die Filterpumpen brummten. Im oberen Stockwerk lief der Fernseher.
»Du mußt diese Piranhas abschaffen«, sagte sein Vater. »Und das ist keine Bitte, sondern ein Befehl.«
»Warum denn?« fragte Paul.
»Weil sie *unheimlich* sind«, sagte sein Vater. »Deshalb.«
»Was ist unheimlich an ihnen?«
»Sie sind eben unheimlich. Sie sind unheimlich, Paul, du kannst sie nicht so in deinem Zimmer halten. Sie –«
»Ach komm«, sagte Paul. »Bitte.«
Sein Vater schüttelte den Kopf. »Die müssen weg«, sagte er. »Das ist mein letztes Wort.«
»Nein, bitte nicht«, sagte Paul. »Sei doch nicht so, Dad.«
Sein Vater steckte den Kopf durch den Türrahmen. »Kim!« rief er. »Komm mal runter zu uns!«
»Ach, sei nicht so, Dad«, sagte Paul noch einmal.
Seine Mutter kam herein. Sie sah die beiden an, erst den einen, dann den anderen. »Na, und?« sagte sie. »Was ist los?«
»Wir sind uns nicht einig«, sagte sein Vater. »Das kannst du besser, Kim.«
»Er ist zwölf«, sagte Pauls Mutter. »Damit wirst du schon fertig.«
»Ich behalte meine Piranhas«, sagte Paul.
»Nein, das tust du nicht«, sagte seine Mutter.
»Doch«, sagte Paul. »Die tun doch nichts.«
»Hör mal zu«, sagte seine Mutter. »Die Piranhas verschwinden. Hast du verstanden? Vergiß nicht, wer am Anfang all die Fische bezahlt hat. Ich war das, ich treffe die Entscheidungen.«

»Ich wollte mein Weihnachtsgeld dafür nehmen«, sagte Paul. »Also gut – ich schaffe sie weg. Dann kaufe ich mir neue von meinem *eigenen* Geld.«
»Nichts da«, sagte seine Mutter. »Schluß mit den tropischen Fischen, Paul. Du wirst dir ein passenderes Hobby suchen müssen.«
Sie ging zur Wand und zog den Stecker für die elektrischen Pumpen aus der Steckdose. Die Wasserblasen sprudelten nicht mehr durch die Filter.
»Laß den Stecker draußen«, sagte sie. »Ich mein es ernst.«
»Vielleicht kann Paul sie in die Tierhandlung zurückbringen«, sagte sein Vater. »Wär das nicht besser?«
»Paul kann machen, was er für richtig hält«, sagte seine Mutter. »Hauptsache, er schafft sie raus.«
Dann war Stille. Paul rollte sich auf seinem Bett zusammen, legte sich das Kissen über den Kopf, zog die Knie an die Brust und murmelte Beschimpfungen.
»Hast du gehört, was ich sage, Paul?« sagte seine Mutter.
»Raus hier«, schrie Paul. »Haut ab.«

* * *

Am nächsten Morgen schüttete Paul die Piranhas in den Whirlpool auf dem Dach. Sie starben sofort; er ließ sie darin.
Er erzählte Ken davon. Zum Gedenken an die toten Fische schwänzten sie die Schule. »Meine Eltern sind zum Kotzen«, sagte Paul.
»Meine auch«, antwortete Ken.
»Ich hasse sie«, sagte Paul. »Und wie.«
»Geht mir genauso«, sagte Ken.

Sie gingen zusammen über den Golfplatz. Sie kürzten ab, liefen einfach quer durch einen Sandbunker zum neunten Grün. Es hatte angefangen zu regnen. Niemand spielte Golf.
»Ich würd sie am liebsten *umbringen*«, sagte Paul.
»Ich meine auch.«
»Wie macht man das am besten?«
»Gift ins Essen schütten.«
»Mit der Axt im Schlaf erschlagen.«
»Die Bremsseile im Auto durchsägen.«
»In den Rücken schießen, wenn sie unter der Dusche stehen.«
»Wir können ein Abkommen schließen«, sagte Ken. »Wie im Fernsehen. Du bringst meine um und ich deine.«
»Ich weiß«, sagte Paul. »Mit einer *Kettensäge*.«
Sie setzten sich auf eine Bank. Inzwischen regnete es stärker. Auf der Straße fuhren Autos vorbei. Paul stellte sich vor, wie es wäre, seine Eltern umzubringen. Bei dem Gedanken daran empfand er nur schwache Gewissensbisse, weil er das sichere Gefühl hatte, daß sie nichts anderes verdient hatten.
»Komm, wir gehn in die Spielhalle«, sagte Ken. »Vielleicht treffen wir da jemanden.«
Paul stand auf und schlug den Mantelkragen hoch, aber er war innen schon naß vom Regen.
»Okay«, sagte er. »Gehn wir.«

DREI JÄGER

Ich kam durch den Echo Cañon herunter, im Echo Creek watend und manchmal von Stein zu Stein springend. Der Mann vom Forstamt, der mir von den Silberforellen hier oben erzählt hatte, war in meinen Augen inzwischen ein Lügner. Hier oben gab es keine Forellen. Der Bach floß singend zum Columbia hinunter. Es war zu heiß, er führte zuwenig Wasser, selbst die Kriebelmücken hatten sich schon zurückgezogen. Die Fische waren alle woanders. Sie waren aus den oberen Seen verschwunden. Sie hatten sich in eine Gegend zurückgezogen, die niemand zu Fuß erreichen konnte. Von jenem Land träumte ich, während ich im Bachbett zwischen rissigen Felswänden bergab stieg und die Blätter hoch über mir im heißen Wind zitterten. Nichts sonst berührte mich; ich vergaß meine Umgebung. In meinem Traum hatte ich genug damit zu tun, meinen Fischkorb mit Forellen zu füllen. Sie waren groß, schmeckten aber nicht besonders, und sie kämpften härter, als wirkliche Fische es könnten. Trotzdem entschlüpften sie einem nie

Ich war sechzehn. Ich hatte nichts anderes im Kopf.

Als ich wieder den staubigen Weg unter mir hatte, waren meine Füße überrascht. Der Staub trocknete die Nasenlöcher aus. Ein paar Fichtennadeln, die sich in der spätsommerlichen Hitze rostrot gefärbt hatten, schwebten an mir vorbei. Ich wanderte durch das Birkenwäldchen, durch das sich der Pfad schlängelte, um nicht in den Lost Lake zu fallen, und der Wind wirbelte den Staub um meine Gummistiefel. Die Birken hatten kaum noch Blätter.

Dafür, daß wir September, sogar Ende September hatten, war es sehr warm, an wärmere Tage um diese Jahreszeit konnte ich mich nicht erinnern, aber alle redeten von Septembertagen, die vielleicht noch heißer gewesen waren – sogar meine Mutter, die überhaupt keine Erinnerungen zu haben schien und weder mit uns noch mit anderen je von der Vergangenheit sprach. Orte, Leute, Tage, Monate, ganze Jahre hatten sich in ihr verhärtet, bis die guten Säfte ausgetrocknet waren und nur noch die bitteren übrigblieben. Sie war eine grimmige Frau mit blitzenden Augen, die genauso schwarz waren wie ihre Haare. In der Stadt wurde über sie gemunkelt, man redete über ihren verschlossenen Mund, ihre finsteren Augen, ihre Vergangenheit, aber sie zeigte kein Interesse mehr an Worten. Sie hatte kein Glück gehabt. Sie hatte niemanden mehr, dem sie Vorwürfe machen konnte. Mein Vater war schlau genug gewesen, sich aus dem Staub zu machen, bevor sie ihn langsam umbringen konnte, obwohl, wie ich zugeben muß, niemand die Sache ganz so eindeutig sah wie ich. Meine Mutter jedenfalls nicht. Wenn sie überhaupt daran rührte, bestand sie darauf, daß alles seine Schuld war, daß er für einen Ehemann zu schwierig gewesen sei. Aber ich hörte nie zu, wenn sie von ihm sprach.

Was kümmerte mich das auch – mir war alles gleichgültig,

die Stadt, meine Mutter, sogar der Mann vom Forstamt, der Lügen in seinen dünnen, über die gelben Zähne kriechenden Schnauzbart gemurmelt hatte. Ich war hier. Einer von meinen Traumfischen sprang aus dem weißen Himmel. Ich sah zu, wie die Wassertropfen in Spiralen von den silbrig schimmernden Flanken sprühten, die Sonne spiegelte sich so blendend in ihnen, daß mir die Augen weh taten, die Schnur lief aus – und dann war der Pfad wieder da mit seinem Staub und den eingerollten Blättern, unter meinen Füßen, wo er hingehörte.

Irgendwo im Wald krächzte eine Krähe, als ich den Kamm überquerte und auf der anderen Seite abstieg; sie sprach mit niemandem oder mit dem Wind. Jetzt ging ich nicht mehr auf dem Weg, sondern folgte einer Wildfährte; Steine, die ich mit meinen Gummistiefeln lostrat, sprangen zum Ufer des Lost Lake hinunter und verschwanden unterwegs in dichten Dornbüschen. Ich blieb stehen und kickte ein paar große Steinbrocken ins Wasser, sah die Spritzer genau an, die dabei hochstiegen, war aber nicht zufrieden mit ihnen. Das waren nur Spritzer, sonst nichts. Das Wasser beruhigte sich schnell wieder, als ob nichts geschehen wäre, und der See nahm mich überhaupt nicht zur Kenntnis.

Ich stapfte durch den Lost Creek, trat mit den Gummistiefeln gegen die Steine im Bachbett und wanderte durch den alten Fichtenwald, der wegen der felsigen Klippen nie abgeholzt worden war.

»Hast du schon Hunger?« sagte Lane zu mir.

Er saß auf der festgetretenen Erde neben der Feuerstelle, ausgezogen bis auf die Unterhosen, und legte eine Patience, dermaßen ernst und gesammelt, als ob die Karten etwas enthielten, was niemand außer ihm je wissen würde, als ob eine Patience eine Zeremonie besonderer Art sei. Sein Gesicht sah blau und blutig aus, aber er hatte nur mit den Brombeeren am anderen Ufer des Sees gekämpft.

»Roy?« sagte er.

Ich sah ihn stirnrunzelnd an, seine Unterwäsche, seine blauroten Zähne.

»Ich hab Hunger«, sagte er in seine Karten.

Lane war zwölf. Er hatte keine Erinnerung an unseren Vater, der uns, wie ich glaubte, verlassen hatte, um seine Haut zu retten. Er war dünn; seine langen Schulterblätter standen ab wie Rückenflossen. Eine magere Spannung umgab ihn, so als könnte er von einem Augenblick zum anderen hochschnellen und in den Wald verschwinden. Als wäre er ständig im Alarmzustand, und er konnte diese Nervosität nicht unterdrücken, dazu war er zu jung, sie stand in seinen Augen.

Ich hatte eine einzige lebendige Erinnerung an meinen Vater: Wie er in seinen brusthohen Wathosen, kurzer Anglerweste und dem breitkrempigen Stetson an einer breiten Stelle den Little Nelson River überquerte und auf mich zukam. Ich saß da, wo er mich abgesetzt hatte, auf einem Felsen am ausgewaschenen Ufer, und sah ihm verstohlen entgegen. Wie ein Riese schritt er stetig im tiefen Wasser gegen den Strom, die Rute in der Hand erhoben, ein steifes Lächeln auf dem Gesicht. Dann war er, laut durch das Wasser platschend, bei mir, hob mich mit kräftigem, sicherem Griff vom Felsen und trug mich unter dem Arm durch einen Ablaufkanal ans Ufer der Flußbiegung.

Ich lehnte meine Angelrute gegen einen Kiefernast. Am Rollengehäuse waren neue Kratzer von den Felswänden im Cañon. Ich schnallte meinen Rucksack ab und stellte ihn unter eine Zeltschnur. Alles im Camp sah bekannt aus und roch nach Tannenholzrauch, sogar Lane.

»Wer gewinnt?« sagte ich.

Er wischte sich mit der Pik Dame einen Moskito vom Arm. »Keiner gewinnt, wenn man das spielt, Blödmann«, sagte er.

»Warum spielst du's dann?«

»Weiß ich nicht.«

Ich setzte mich, kämpfte mit meinen Gummistiefeln, bis ihnen nichts anderes übrigblieb, als mich loszulassen, kippte dann aus jedem einen halben Liter Wasser heraus.

Danach streckte ich mich neben den Steinen der Feuerstelle aus. Ich merkte, daß ich müde war, und mein Traum von dem Land, in das die Fische gewandert waren, fand einen Spalt und schlüpfte wieder herein. Zuerst war es nur eine stille Landschaft; niemand außer mir fischte dort. Wenn die großen Silberforellen unter der Wasseroberfläche dahinschossen, schimmerten ihre Kiemendeckel, und die Fleckenbänder an den Seiten bewegten sich wie Wellen, und wenn man eine am Haken hatte und sie reinholte, blickte einen das flache, klare Auge des erschöpften, nach Luft schnappenden Fisches sanft an. Moskitos gab es in dem Traum nicht. Andere Fischer gab es nicht. Es gab auch kein Woher und kein Wohin: kein Zuhause und keine Zukunft. In dem Traum wurde es nie Winter – die Fische bissen immer an, und das Wasser blieb warm. Die Fische waren auch nicht von der staatlichen Fischzucht gesetzt;

der Mann vom Forstamt hatte nichts mit ihnen zu tun; sie waren alle wild, Eingeborene; sie gehörten zu dem Traum. Ich hatte einen; ich hatte den Zeigefinger unter den Kiemendeckel einer glatten männlichen Silberforelle gehakt und sah hinunter auf das runde, verletzliche junge Auge, das nichts verriet, das sogar gegen Tod oder Erschöpfung gleichgültig schien, weil diese Dinge nicht wirklich waren …

»Da kommt jemand«, sagte Lane und warf seine Karten auf die Erde.

Wir saßen da, Lane in Unterhosen, ich in nassen Socken, und beobachteten die drei Jäger, die sich einen Weg über unsere Ebene suchten. Lane sprang auf und zog sich die Jeans an, setzte sich dann wieder neben mich an die Feuerstelle.

»Mach den Reißverschluß zu«, sagte ich ihm.

Sie hatten schwere Repetierbüchsen, die man anstarren mußte, ob man wollte oder nicht, sie waren weder in Futterale verpackt noch an das Gepäck gebunden, die Männer trugen sie offen in der Hand. Einer hatte einen Tragegurt über der Stirn, die beiden anderen gingen gebückt unter dem Gewicht ihrer Rucksäcke und Zelte. Woher der Gestank kam, der sie umgab, war nicht auszumachen – Schweiß, Dreck, Tabak, abgestandener Whiskey, feuchtes Leder –, jedenfalls war er deutlich, und er war vor ihnen bei uns. Sie mußten gegen den Wind jagen, wie alle Menschen.

»Hallo«, sagte ich, als sie unseren Lagerplatz erreichten; ich stand in meinen nassen Socken auf, um sie zu begrüßen.

»Hallo.« Der mit dem Stirngurt sah Lane an. »Was ist mit deinem Gesicht passiert?« fragte er.

»Nichts.«

»Er hat Brombeeren gegessen«, erklärte ich.

»Brombeeren?« sagte der Jäger mit dem Stirngurt zu mir. »Brombeeren? Soll das ’n Witz sein?« Er drehte sich zu den beiden anderen um, die mit ihrer Last dastanden und grinsten.

»Hat er was von Brombeeren gesagt?« sagte einer von ihnen.

»Vielleicht haben wir uns verhört«, meinte der andere.

»Noch mal von vorne«, verlangte der mit dem Stirngurt. »Hast du was von *Brombeeren* gesagt?«

»Ich glaub ja.« Meine Kinnlade war steif. »Ich weiß nicht.« Der mit dem Stirngurt stöhnte vor Ekel auf.

»Das wollen wir mal lieber vergessen«, sagte er und schüttelte traurig den Kopf über mich.

Er wand sich aus seinen Tragegurten, stellte das Gepäck ab und legte das Gewehr auf den Boden. Die anderen folgten seinem Beispiel. Einer hatte Hosen in Tarnfarben an; der Bauch hing ihm wie ein Kuheuter über den Gürtel. Ich suchte nach seinen Augen, aber sie hatten sich hinter geschwollenen Lidern versteckt. Sein nackter Rücken war übersät von Pickeln und roten Stellen; Kratzer von Dornen – fleckige Streifen – zogen sich über seine Unterarme; wo die Moskitos ihn gestochen hatten, waren kleine dunkle Blutergüsse. Er schien sich nicht wohl in seiner Haut zu fühlen, so als wäre sein Körper selbst ein Folterwerkzeug. Der zweite Jäger streckte sich auf dem Boden aus, das Gewehr neben sich, legte den Kopf auf seinen Rucksack und starrte stumm in die Baumwipfel. Er trug eine blonde, stachlige Bürstenfrisur, nur am Haaransatz, der nicht ganz in der

Mitte der Stirn war, hatte er eine pomadige Locke. Mir kam er vor wie ein aus der Form geratener Chorknabe – jemand, der absurd groß und breit geworden ist, sich aber sonst nicht von einem Zwölfjährigen unterscheidet. Schütterer blonder Pfirsichflaum klebte ihm am Kinn; die Wangen waren mit kaum sichtbaren Watteflöckchen überzogen, ansonsten wirkte sein Gesicht kindlich. Unter seiner Kampfweste hatte er nichts an, und seine Muskeln – an der Brust unnatürlich aufgeschwollen, am Hals dicke, vorstehende Stränge – schienen unwirklich und unproportioniert, wie aufgeblasene Luftsäcke unter einer Plastikhaut.
Die beiden waren riesig, aber der mit dem Stirngurt war der massigste von den dreien. Alles an ihm war enorm, aber puddingartig. Seine Koteletten, die eine schwarzorangene Färbung hatten, reichten fast bis zu den Mundwinkeln. Das lange Haar hing ihm schweißverklebt über ein Ohr; der Bart stand ihm wie ein dunkles Stoppelfeld im Gesicht. Seine rissigen, fleischigen Lippen erinnerten mich an blasse Tausendfüßler. Er hatte unstete tiefliegende Augen.
Mir fiel ein, daß große schwere Männer aus irgendeinem Grund immer zusammenhalten. Sie fühlen sich in der Gruppe wohler. Sie verstehen einander. Niemand sonst weiß, was sie empfinden.
Der Dicke hob meine Angel auf. Er schob den Fangbügel hoch, legte die Rollenbremse um und fing an, unter den Bäumen das Auswerfen zu üben.
»Du verwechselst da was, Frank«, sagte der mit dem Stirngurt. »Das Ding muß man am Wasser benutzen.«
Frank murmelte etwas vor sich hin.
»Stimmt's, Langer?« fragte der mit dem Stirngurt mich.

»Klar.«
»Klar«, bekräftigte er. Dann hob er ein paar Karten auf und hielt sie dem Blonden hin.
»Kartenhaie«, sagte er.
»Kartenhaie«, sagte der Blonde und starrte weiter in die Baumwipfel.
Der mit dem Stirngurt ließ die Karten eine nach der anderen auf die Erde fallen.
»Warst du schon mal in Reno, Langer?«
»Nein.«
»Und der da?«
Lane sah zu Boden und schüttelte den Kopf.
»Noch nie in Reno gewesen«, sagte der mit dem Stirngurt – zu sich selbst oder zu niemandem. Er stocherte mit dem Finger an einem Backenzahn herum und sah sich zum ersten Mal unseren Lagerplatz an.
»Hast du was gefangen, Langer?«
»Nein.«
Seine dicken, rohen Lippen öffneten sich. »Langer«, sagte er vorwurfsvoll. »Langer, komm. Seh ich aus wie 'n Idiot?«
»Nein.«
»Und ob«, warf der Blonde ein. »Er sieht aus wie 'n Idiot.« Seine Augen wichen keinen Moment von dem ab, was er in den Baumwipfeln erspäht hatte.
»Nun mal langsam.« Der mit dem Stirngurt kratzte sich mit dem Zeigefinger an einem Kotelettenende. »Moment mal. Das glaub ich nicht. Du bist doch den ganzen Weg hier raufgewandert – hab ich recht –, ich mein, du bist den *ganzen beschissenen Weg* hier raufgelaufen« – er stand da, hob die Arme zum Himmel, ließ sie wieder fallen; seine Lip-

pen bewegten sich, aber es kam kein Wort heraus – »... das ist doch nicht zu fassen, Langer«, sagte er schließlich. »Ich mein, das hältst du doch im Kopf nicht aus.«
Der Blonde stand auf und machte ganz ruhig den Reißverschluß an seiner Hose auf. »Ich hab dir doch gesagt, er ist 'n Idiot«, erklärte er und pinkelte mit dem Rücken zu uns.
»Du.« Der mit dem Stirngurt setzte sich in Bewegung. »Du – *Kleiner*. Du sagst mir jetzt die Wahrheit. Du denkst jetzt eine Minute scharf nach, und dann sagst du mir, wie's wirklich ist. Hast du verstanden?«
»Okay!« antwortete Lane.
»Gut.« Der mit dem Stirngurt salutierte aus irgendeinem Grund, hielt aber mitten in der Bewegung inne, so daß der Gruß einen halben Meter vor seinen Augen endete. »Sehr gut. Ausgezeichnet. Du bist zur Zusammenarbeit bereit, das merk ich. Das gefällt mir.«
Er tänzelte mit ein paar Steppschritten um die Feuerstelle herum und ließ sich neben Lane schwer auf die Erde fallen. »Kleiner«, fing er an, »du bist mein Freund. Vergiß das ja nicht. Ich will, daß du das nie vergißt. Hast du verstanden?«
»Okay«, sagte Lane.
»Okay?« fragte er. »Okay. Jetzt paß mal auf. Das gefällt mir, wenn ich so bei dir sitze. Dann spür ich, dir kann ich vertrauen – weißt du, was ich mein? Brauchst nicht zu antworten. Bleib einfach hier sitzen. Du sollst nicht mal dran *denken*, dich zu bewegen. Du sollst nur meine Frage beantworten. Ich brauch deine Antwort. Ich brauch die *Wahrheit*, wenigstens dies eine Mal. Ich muß wissen, wo hier oben die Fische sind. Ich brauch dein Wissen, alles, was du

weißt, Kleiner. Versteck nichts vor mir. Sei nicht selbstsüchtig, Kamerad, *teil* mit mir, was du weißt. Bleib ganz ruhig. Erzähl mir, was ich wissen muß.«

»Aber ich weiß doch gar nichts«, schluchzte Lane.

Der mit dem Stirngurt griff sich an den Kopf. »Ich bin enttäuscht von dir«, sagte er finster. »Ich bin sehr, sehr enttäuscht von dir.«

Er stand auf und entfernte sich von uns wie ein Mann, der von einer Schlange gebissen worden ist, drehte sich dann plötzlich unter den schweigenden Tannen um.

»Laßt mich in Ruhe«, schrie er plötzlich mit aufgerissenen Augen. »Ihr alle, und ich mein's ernst. Ich muß das erst mal durchdenken … was ich jetzt machen muß. Das ist eine ganz wichtige Entscheidung. Ihr werdet noch von mir hören, ihr Arschlöcher.«

»Halt's Maul«, sagte der Blonde kühl.

Der mit dem Stirngurt stolperte auf den See zu. Als ich mich umdrehte, um nach Lane zu sehen, starrte er mich mit entsetzten Augen an, dunkelrot im Gesicht.

»Alles in Ordnung«, versicherte ich ihm.

Der Blonde öffnete einen Reißverschluß an der Seitentasche seines Rucksacks und holte eine Dose Kautabak heraus. Er schob sich einen Priem zwischen die Zähne, lehnte sich dann wieder zurück, die Hände im Nacken verschränkt.

»Kümmert euch nicht um Micky«, erklärte er uns. »Der ist nicht mehr ganz richtig im Kopf.«

»In Ordnung«, sagte ich.

»Ich kenn den Typ«, sagte er, Tabak kauend. »Der spinnt – hat 'nen Riß in der Birne –, aber gefährlich ist er nicht.

Manchmal muß man ihn einfach seinen Scheiß reden lassen, das ist alles.«
»Klar«, sagte ich.
»Man muß nur abwarten«, fuhr der Blonde fort. »Wenn er sich hier ausgetobt hat, dann ist er soweit, daß wir endlich jagen gehen können ...«
Er spuckte in hohem Bogen aus, der Saft flog noch über seine Stiefelspitzen hinaus und landete vor ihm, schlug prasselnd auf wie eine Ladung Schrot.
»Wie heißt du noch mal?«
»Roy.«
»Und du hast wirklich keinen Fisch gefangen?«
»Nein.«
»Vielleicht hast du keine Ahnung vom Fischen?«
»Kann sein«, sagte ich.
»Quatsch«, sagte der blonde Jäger. »Hat mit dir gar nichts zu tun.«
Er hob seine Büchse auf und rieb mit dem Daumenballen Kreise auf den eingefetteten Lauf. Auf einmal schien er uns ganz vergessen zu haben. Der Dicke warf meine Angel unter den Bäumen aus und war in einer selbstbeschworenen Welt versunken. Er machte einen beidhändigen Seitwurf, sein Bauch wogte unter dem T-Shirt, die Rutenspitze schnellte hin und her, und auf dem Höhepunkt der Rutenbahn streckte sie sich. Ab und zu hielt er inne und massierte und knetete sich zerstreut die Brust, betastete nickend den Bauch oder klatschte sich die feuchten Haare auf die Stirn, strich sich mit der Hand über die Wangen, als wollte er prüfen, wie dick sie waren. Er ignorierte alles – uns, den Wald, den blonden Jäger, der mit dem Kopf auf seinem

Rucksack lag und Kautabak ausspuckte –, er war vollständig von seinem Körper und meiner Angelrute beansprucht.
Ich streifte meine nassen Socken ab und hängte sie über den dicksten der Steine, die einen Ring um die Feuerstelle bildeten. Dann machte ich barfuß Ordnung auf unserem Lagerplatz. Ich verstaute meinen Tagesrucksack im Zelt und legte das Moskitonetz darüber. Ich schloß das Zelt. Ich stopfte Sardinendosen und Suppentüten und die Packung Fertigmischung für Pfannkuchen in meinen Wanderrucksack und schnallte ihn zu. Als alles aufgeräumt aussah, öffnete ich eine meiner Seitentaschen und schob mein Filiermesser in der Lederscheide in das Gummiband meiner Unterhose.
»Ganz ruhig«, sagte der blonde Jäger zu mir, als ich mich wieder umdrehte. »Mir ist scheißegal, wie dein Lagerplatz aussieht.«
Ich nickte. Das Filiermesser drückte gegen meinen Hüftknochen. Der blonde Jäger hielt sein Gewehr im Arm und starrte hinauf in die Tannenzweige. Ich dachte an ihn, sein Gewehr, mein Messer, die Bäume, und dann drehte ich mich noch einmal auf meinen nackten Füßen um die eigene Achse und schnürte meinen Rucksack wieder auf. Ich suchte nach einem Paar trockener Socken, und als der Moment günstig schien, ließ ich mein Filiermesser in eine Seitentasche gleiten.
Der mit dem Stirngurt steuerte zwischen den Baumstämmen durch auf unseren Lagerplatz zu. Als er bei seinem Gepäck angekommen war, hob er die dort abgelegte Büchse hoch und legte auf mich an.

»Ich mach's nicht gern, aber es muß sein«, sagte er nüchtern.
»Quatsch«, sagte der Blonde. »Leg das Ding weg.«
»Was glaubst du, wen du vor dir hast, Gefreiter Fields?«
»Ich hab dir ja gesagt, daß er nicht ganz richtig im Kopf ist«, sagte Fields zu mir.
Der mit dem Stirngurt entsicherte mit hörbarem Klicken das Gewehr, ließ das Schloß zurückschnappen. Seine Augen schienen sich noch tiefer in ihre Höhlen zurückgezogen zu haben. »Siehst du das hier, Arschloch? Das ist 'ne Mauser. Das Kaliber ist Magnum. Da bleibt von deinem Gesicht nur ein Loch übrig, Langer.«
Der Dicke war in die reale Welt zurückgekehrt. Er stand unmittelbar hinter dem mit dem Stirngurt und starrte mich an, meine Angelrute immer noch in der Hand.
Meine Kehle funktionierte nicht. Sein Zeigefinger lag auf dem Abzug; die Mauser war auf meine Brust gerichtet. Ich mußte ihn anstarren, mußte ihm in die Augen sehen – mir kam es vor, als sei das die einzige Möglichkeit, ihn am Schießen zu hindern. Schließlich ließ ich meine trockenen Socken fallen. Ich preßte die Knie zusammen – meine Blase fühlte sich an, als wollte sie überlaufen – und hob die Hände über den Kopf, weil ich nicht wußte, was ich sonst tun sollte. Die zusammengerollten Socken kullerten wie ein Baseball durch die Gegend.
»Nicht schießen!« sagte ich. Meine Stimme klang, als hätte ich gerade eine Mandeloperation hinter mir.
Lane weinte, ganz leise, auf die Art, die nur ich hören konnte, er weinte so, wie er es manchmal nachts ohne ersichtlichen Grund tat. Ich wollte etwas sagen, irgendwas,

es war meine Aufgabe, die Worte zu finden, die er jetzt dringend brauchte, aber meine Kehle war wie zugeschnürt, und der blaue Lauf der Mauser mit dem breiten Gesicht dahinter bannte mich auf der Stelle, während der dicke Jäger mit der Angel hinter ihm mich mit offenem Mund anstarrte und der Blonde, Fields, kaute.

»Ist nicht geladen«, sagte Fields ruhig. »Kein Mensch wandert mit geladener Büchse.«

»Woher willst du das wissen?« Der mit dem Stirngurt schwenkte die Mauser herum.

»Heb deine Socken auf«, sagte Fields zu mir.

Ich ließ die Arme sinken. Die Mauser zielte wieder auf mich – ich zuckte zusammen, aber nichts geschah. Dann fing der mit dem Stirngurt an zu grinsen und stellte den Kolben seines Gewehrs auf die Erde. *Kein Mensch wandert mit geladener Büchse* sagte ich mir. Ich hob das Sockenbündel auf und setzte mich an die Feuerstelle, aber meine Finger wurden mit den Socken nicht fertig. Ich konnte sie nicht anziehen. Das war nicht wichtig – nichts war wichtig. Lane weinte – lautlos, nur sein Gesicht veränderte sich dabei, aber das konnten die drei Jäger nicht erkennen –, und der mit dem Stirngurt lehnte seine Mauser mit dem Lauf nach oben an eine Zeltschnur.

»So eine blöde Zeitverschwendung«, brummelte Fields in die Luft.

Der mit dem Stirngurt zupfte nur an seiner Unterlippe. »Ist das deine?« sagte er zu dem Dicken.

Der Dicke sah auf meine Angelrute in seiner Hand herunter, als hätte er sie noch nie gesehen. »Meinst du mich?«

»Ist das deine?«

»Nein.«
»Dann leg sie hin.«
Er tat es in verlegenem Gehorsam. Dann stand er da und hielt die Hände auf dem Rücken.
Der mit dem Stirngurt schwang sich das Gepäck auf den Rücken. »Komm, wir hauen hier ab«, sagte er. »Hier ist nichts für uns, Gefreiter Fields.« Er zog sich den Stirngurt über den Kopf und rückte ihn zurecht, bis er genau über seinen Augen saß, nahm dann seine Mauser.
»Hier ist nichts«, wiederholte er, als ob es jemand außer ihm verstünde. Sie tranken aus ihren Feldflaschen, klickten die Hüftgurte ein, stellten die Schulterriemen wieder enger. Fields spuckte seinen Priem aus. Der Dicke sprühte sich Insektenmittel auf Wangen und Hals, und seine rauhe Haut glänzte in der Hitze. Sie nahmen die Büchsen in die Hand.
»Immer ruhig bleiben«, sagte Fields, als sie an der Feuerstelle vorbeistapften.
»Jawoll«, sprach ihm der Dicke nach. »Ruhig bleiben.«
Der mit dem Stirngurt sah uns nicht an. »Ihr seid tot«, flüsterte er auf die Erde hinunter.
Zweige und trockene Tannenzapfen knackten unter ihren Stiefeln – Steine kollerten vom Pfad oberhalb des Lost Lake abwärts, und Kies spritzte durch das Gebüsch unter dem Felsrand. Einer von ihnen sagte etwas, keine Worte, nur ein Grummeln, das, schwächer werdend, zwischen den Bäumen widerhallte. Schließlich waren sie oben auf dem Steilufer über dem See und gingen von dort auf dem staubigen Weg weiter, und wir hörten auf zu lauschen.
»Roy?« flüsterte Lane.

Der Wald war noch stiller als zuvor, die Bäume noch fester verwurzelt. Alles schien im blauen Abendlicht über dem Lost Lake hart und unerschütterlich.

»Laß uns nach Hause gehen«, sagte Lane zitternd.

»Wozu?« sagte ich.

»Die kommen vielleicht wieder.«

»Die kommen nicht wieder.«

»Vielleicht doch. Die sind verrückt.«

»Zieh dir die Schuhe an«, sagte ich. »Und hol Feuerholz.«

In der Nacht schlug das Wetter schließlich um. Ich wachte dreimal auf und horchte, wie der Westwind an unserem Regenüberdach zerrte; als ich zum vierten Mal wach wurde, verschränkte ich die Hände hinter dem Kopf, legte mich zurück und hörte den Regen auf das Nylon prasseln. Lane hatte sich tief in seinen Schlafsack verkrochen und atmete in kurzen Stößen durch die Nase, er arbeitete sich schnaufend und stöhnend durch seine Träume. Allmählich wurde der Regen zu einem gleichmäßigen heftigen Rauschen, und alle anderen Nachtgeräusche gingen darin unter. Ich gab es auf, darauf zu horchen, ob die drei Jäger wiederkamen; im Regen würden sie sich nicht bewegen. Sie würden sich überhaupt nicht bewegen, ich wußte, daß sie uns längst vergessen hatten, aber ich konnte sie nicht vergessen: Ich sah immer noch die tiefliegenden dunklen Augen, die mich über den Lauf der Mauser hinweg anstarrten. Ich trat mit den Füßen nach diesem Bild, aber das half mir nicht. Das Rauschen des Regens schwoll an.

Im Schlaf watete ich flußabwärts und fischte wieder in der unbefleckten Landschaft meiner Träume. Wasser schäumte um die Schäfte meiner Gummistiefel, als ich langsam

Schnur in den Rand der Strömung gab. Der einzige Laut war der Fluß selbst, ein einförmiges Rauschen. Dann spannte sich die Schnur, die Rute bog sich, die Spule sang und knackte, und eine Forelle, so groß wie ein Seelachs, durchbrach die klare Oberfläche und stand einen Moment blitzend in der Sonne.

Sie schoß stromabwärts, und die Schnur lief von der Rolle. Ich holte ein. Die Forelle sprang wütend, der schlanke Haken saß tief; und ich sah aus fünfzig Meter Entfernung, wie das Blut um ihr Maul schäumte.

Als ich sie hereinholte, wurde es schon dunkel. Ich schob meinen Finger unter einen Kiemendeckel. Als ich sie aus dem Fluß zog – sie war einen halben Meter lang, dick und fleischig –, gab sie ihren Laich in durchsichtigem Schleim ab, zu Hunderten tropften Eier in den Fluß und strömten davon.

Diese Forelle wollte ich nicht behalten, warum, weiß ich nicht genau. Ihr großes Auge schimmerte, verdreht, gequält. Ich versuchte, den Haken ganz vorsichtig zu lösen, zerriß ihr aber trotzdem das Maul, und dunkles Blut strömte heraus. Ich fing an zu zittern, und der Regen kam. Als ich sie wieder ins Wasser gleiten ließ, sank sie sanft unter, drehte sich langsam und kam mit dem Bauch nach oben wieder hoch und trieb endlos mit der Strömung davon.

* * *

Wir gingen mit unseren Rucksäcken im Regen durch die Main Street, und als wir am Gebäude des Forstamtes vorbeikamen, fluchte ich im stillen auf Neil Reuthens, den Mann, der mir gesagt hatte, daß es dort oben Forellen gäbe.

Aber Neil Reuthens zählte jetzt nicht – das wußte ich. *Diese Schweine*, sagte ich immer wieder vor mich hin, denn die drei Jäger waren mit mir in die Stadt gekommen, so sehr ich versucht hatte, sie am Lost Lake zurückzulassen. *Diese Schweine, diese Schweine;* und die Wörter fielen in den Rhythmus meiner Schritte ein, während ich durch den Regen nach Hause stapfte.

Es war Sonntag. Der Wagen einer Polizeistreife stand mit schlammbespritzter hinterer Stoßstange vor der Elk Lounge. Ein paar Autos waren vor dem Shop-Rite schräg geparkt, und vor der Geschäftsstelle der Premier Immobilien stand auch eines, ansonsten war da nur der Regen. Alles sah aus wie immer – still, gelangweilt, unveränderlich. Nichts schien in Bewegung, außer den Pfützen, in die die Tropfen klatschten und die sich im steten Wechselspiel unter dem dünnen grauen Himmel rührten und dann wieder glätteten.

Die Schweine, die Schweine, die Scheißkerle ... das war die Tonfolge, in der meine Lippen sich bewegten, aber es half nicht, gar nichts half: Ich bekam den Anblick der dunklen tiefliegenden Augen des Mannes mit dem Stirngurt nicht aus dem Kopf.

Jenseits der Stadtgrenze an der Brücke über den Little Nelson ging vor uns die breite, menschenleere Main Street in den Highway 26 über. Gebeugt unter unserer Last, bogen wir in die Kiksiu Street ein – welke, vom Regen in braunen Matsch verwandelte Ahornblätter lagen dick im Rinnstein – und gingen durch Disteln und hohes Unkraut auf unser Haus zu. Der dunkelblaue Pinto unserer Mutter stand im Hof, Dach und Rücken orange vom Rost, die Motorhaube mit Draht festgebunden. Dick Gleatons Katzen hatten wieder die Deckel von den Mülltonnen gestoßen.

»Sag ihr nichts von gestern«, schärfte ich Lane ein – dabei wußte ich gar nicht, ob ich es ihr nicht selbst erzählen würde. »Das braucht sie nicht zu erfahren, okay?«

»Ich hätte sowieso nichts gesagt, du Spinner«, sagte Lane.

»Wer ist hier ein Spinner?«

»Du.«

Aber sie war natürlich nicht zu Hause, und die Heizung war zu hoch gestellt; der Regen trommelte gegen die Fenster, und die Fliegengittertür klapperte im Wind. Aus dem Mülleimer neben der Spüle roch es nach fauligem Obst, ein ekelhaft süßlicher Geruch, der das ganze Haus durchdrang. Lane schaltete sofort den Fernseher ein und setzte sich davor. Auf dem Bildschirm spielten erwachsene Männer Bowling, peilten die Pins mit kühnem Blick über die Kugel an und führten ihre Würfe mit absolut mechanischer Präzision durch.

Ich ging ins Badezimmer, trat vor den Spiegel, vor mich. *Die Schweine*, sagte ich im stillen und starrte mich im Spiegel an, *die Schweine, die Schweine*, aber als ich herauskam, hatte sich nichts geändert. Lane war vor dem Fernseher eingeschlafen.

Ich ging in die Küche und nahm eine Dose Chili und eine Tüte Brötchen aus dem Schrank, aber der Müllgestank war zu stark, und ich brachte den Abfalleimer nach draußen in den Regen. Ich ging ums Haus herum nach vorn und befestigte die Fliegengittertür, damit sie nicht die ganze Nacht gegen den Rahmen schlug, und dann, ich weiß nicht warum, nahm ich einen Stein und warf ihn gegen den Pinto meiner Mutter; er schlug eine Delle in die Seite neben dem hinteren Kotflügel.

»Schweine!« sagte ich laut, und der Regen verschluckte das leere Wort sofort. Die Kiksiu Street, die auch leer war bis auf den Regen und die Ahornbäume, wirkte erbärmlich und klein gegen die klar umrissene Wand aus grünen Tannen, die die Berge nach Norden hin abschirmte.

In der Küche schüttete ich den Inhalt der Chilidose mitsamt dem rötlichen Fettring in einen Topf und zündete eine Flamme des alten Gasherds an. Am offenen Kühlschrank trank ich einen Schluck Milch aus der Tüte, die schon lange im Türfach stand. Die Milch schmeckte säuerlich. Im unteren Fach war eine welke Ananas umgekippt. Ich trank den Fruchtsirup aus einer großen Dose Freestone-Pfirsiche, und als ich mit der Dose in der Hand dastand, flackerte die Innenbeleuchtung des Kühlschranks und erlosch; der hintere Teil der Fächer lag im Dunkeln. Während ich eine Pfirsichhälfte aus der Dose in den Mund gleiten ließ, langte ich hinein und zerbrach die Glühbirne mit der Faust, und dann, als ich noch mehr von dem Pfirsichsaft trank, schlüpfte meine Mutter leise durch die Hintertür ins Haus.

»Zurück aus der Wildnis«, sagte sie und setzte sich, naß und mit roten Wangen, und warf ihre Tasche auf den Küchentisch. Aus Gewohnheit und ohne es selbst wahrzunehmen, stöpselte sie die Kaffeemaschine ein.

»Zurück aus der Wildnis«, sagte ich.

»Was gefangen?«

Ich schüttelte finster den Kopf. »Wo warst du?« fragte ich sie.

Meine Mutter drehte sich um und hängte ihren Mantel sorgfältig und bedachtsam über die Stuhllehne. Dann sah sie mich ruhig an.
»Was ist los?« fragte sie.
Ich fuhr mit dem Löffel durch das Chili. »Nichts«, sagte meine Stimme. »Da waren Jäger oben am Lost Lake. Drei waren es. Die haben uns zu schaffen gemacht.«
»Wer war das?«
»Weiß ich nicht.«
»Haben sie euch was getan?«
»Eigentlich nicht«, sagte ich. »Einer hat mit dem Gewehr auf mich gezielt – der war ein verrückter Hund.«
»Mein Gott«, antwortete meine Mutter, und ihre ganze Härte tauchte in ihrem Gesicht auf. Ihre schwarzen Augen waren wie Stahl, und sie preßte die Lippen zusammen, so daß ihr Mund schmal wurde. »Wußtest du, daß dein Daddy das mit mir gemacht hat, Roy? Sein Gewehr auf mich angelegt? Hast du das gewußt?«
»Nein, Ma'am«, sagte ich und schaute wieder in den Chilitopf.
»Jawohl«, hörte ich die harte Stimme meiner Mutter sagen. »Er hat das Gewehr auf mich gerichtet. Betrunken und heldenhaft und heim aus den Bergen. Genau hier in dieser Küche hat er das gemacht.«
Ich stellte die Flamme klein und ging zum Tisch, wo meine Mutter grimmig einen Daumennagel bearbeitete. Ich setzte mich ihr gegenüber auf einen Stuhl.
»Mom?« sagte ich.
Sie sah auf, aber ihre Augen hatten keine Wärme. Sie waren wie gepanzert.

»Ich muß immer an sie denken. Es hört einfach nicht auf«, sagte ich. »Immer und immer denk ich an sie und kann nicht damit aufhören.«
Meine Mutter starrte auf ihren Daumennagel, tat so, als wäre sie ganz darauf konzentriert.
»Es gibt böse Männer auf der Welt«, sagte sie schließlich. »Glaubst du etwa, du kannst daran was ändern, Roy?«

EINE AMERIKANISCHE ULME

Ich bin in Wilkes, Rhode Island, aufgewachsen, wo das Licht im frühen Winter von den Wolkenrücken zu brechen und sich über dem Wasser von Teichen und Mühlbächen zu entzünden scheint. Dann steigt der kalte Modergeruch der entlaubten Wälder geisterhaft aus der harten Erde, und das gedämpfte Gold von Luft und Himmel erfüllt den Raum in weitem Umkreis, gebrochen nur von den mattweißen, spitzen Kirchtürmen vor dem Hintergrund sanft ansteigender Ahornhänge. Mein Vater, ein Mann mit hagerem Gesicht und geduldigen Händen, war der Besitzer der Bäckerei von Wilkes mit ihrer dunklen Schaufensterfront an der Main Street; eine leise, altersstumpfe Schlittenklingel schlug an, wenn man die Tür öffnete, der Innenraum war gesättigt vom schweren Geruch nach heißer Glasur und Butter, der durch die friedliche Wärme der Backöfen und das matte Silber der Regale und Gefäße gemildert wurde. Mein Vater stand in seiner stillen Küche und arbeitete wie im Traum, er vergeudete seine Kraft nie, übereilte nichts und übertrug die Besonnenheit seiner Arbeit auf die vertrauten Rezepte, so daß alles, was aus seiner Hand kam, auf Lippen und Zunge eine Spur von seinem inneren Frieden hinterließ. Im ersten blassen

Morgenlicht schabten und schrubbten meine Schwester Ruthie und ich lange Backbleche und gelbe Rührschüsseln. Meine Mutter stand an der Kasse, das Haar am Hinterkopf mit schwarzen Haarnadeln zusammengesteckt, und füllte Tüten mit süßen Brötchen und Krapfen für die Fabrikarbeiter von der Frühschicht, unsere Nachbarn, die Leute von Wilkes. Wir wohnten über der Bäckerei in Zimmern mit alter, kunstvoll gearbeiteter Holzverkleidung, und die warme Luft der Backöfen drang durch die Dielenbretter nach oben. Auf allen Tischen lagen Spitzendeckchen, die wie Schneekristalle geformt waren, ein Schaukelstuhl aus Eichenholz stand an einem hohen Fenster, durch das im frühen Winter jenes besondere weite Licht strömte, ein Licht, das es offenbar in der Welt, in der ich jetzt lebe, nicht mehr gibt. Oder es ist noch da, und ich kann es nicht finden oder erkenne es nicht mehr, da ich dem Wilkes von damals um zwanzig Jahre und Tausende Kilometer ferngerückt bin.

Im Sommer des Jahres, von dem ich jetzt schreibe, machte ich Heu auf den Wiesen rings um Wilkes, und im Herbst – es war der erste, in dem ich nicht mehr zur Schule mußte – fällte ich Schwarzeichen und Zuckerahorne an Weidenrändern und spaltete in der klaren Sonne Feuerholz; die trockenen Blätter wirbelten um den langen geschwungenen Stiel meiner Axt. Im November, als der Nordwind das letzte Laub von den Bäumen fegte und über die umgepflügten Felder trieb, bekam ich einen Job im Burrilville-Sanatorium. Von acht bis fünf Uhr wusch ich dort den Alten unserer Gemeinde die Hände, Füße und Gesichter und fütterte sie mit kleinen Löffeln voll Grießbrei und

Rübensuppe, die ich ihnen an die Lippen preßte; ich karrte Essenstabletts herum und sprühte Bettpfannen mit Reinigungsmittel aus; ich packte die Alten warm ein, damit Frost und Kälte ihnen nichts anhaben konnten, und fuhr sie in ihren Rollstühlen zum steinigen Ufer des Harrow Pond; dort schauten sie dann in dumpfem Schweigen auf Teich, Bäume und Himmel, während ich das Wasser über dem schlammigen Grund und zwischen den Wasserlilien nach Karauschen oder Barschen absuchte.

Gut zwölf Kilometer waren es von Wilkes und der Bäckerei zum Burrilville-Sanatorium, wenn man die Hauptstraße verließ und am Mühlbach entlang über die Quampus Lake Road zum Harrow Pond und dann über die Grenze nach Massachusetts ging, wo das Sanatorium im Schatten eines Kiefernwäldchens lag. Fünfeinhalb Kilometer lang war der Weg, wenn man sich von der Baptistenkirche in Wilkes aus direkt nach Norden hielt, ohne Pfad, und nur nach der Himmelsrichtung im grauen Licht durch Wälder und Weiden lief, zwischen starren Bäumen hindurch, über verfallene Steinmauern sprang, die nichts mehr eingrenzten, bis man eine flache, mit bemoosten Ulmen bewachsene Kuppe erreichte. Wenn man sie überquert hatte, kam man aus dem Wald heraus auf den vom Rauhreif weißen gepflegten Rasen hinter der Gruppe von hohen Backsteingebäuden, in denen das Sanatorium untergebracht war.

Jeden Morgen wanderte ich mit meiner Mittagsdose in der Hand im Dampf meines Atems durch Dickichte und Felder, die Ohrenklappen meiner Entenjägermütze heruntergezogen und den Kompaß im linken Handschuh. Ich scheucht Fasanen auf – eine überfallartige, von knackenden Zweigen und schlagenden Flügeln erfüllte Explosion, die einem vor Schreck das Herz stocken ließ, dann strich der schwere Vogel schwirrend zwischen den Bäumen hindurch in eine tiefere Mulde. Ohne stehenzubleiben, warf ich Steine, um das Eis in den kleinen Bächen auf meinem Weg zu zerbrechen, schlüpfte unter Zäunen hindurch, lief über abgemähte Wiesen und durch stille Apfelgärten und schwang meine schwarze Dose im Rhythmus meiner Schritte. Im Sanatorium hängte ich meinen Mackinaw an einen Haken, stellte die Mittagsdose in eine Ecke und ließ mir warmes Wasser über die Finger laufen; dann ging ich zu den Wohn- und Krankenzimmern hinauf, wo die alten Leute im schwachen, wächsernen Licht, das durch die Kiefern vor ihren Fenstern fiel, auf mich warteten. Nach der Arbeit – wenn die Dämmerung kam und es im Wald zu dunkel war, um auf demselben Weg zurück nach Hause zu laufen – nahm Sam Mathers mich in seinem klapprigen blauen Ford mit in die Stadt. Zu Hause stapfte ich die Treppen hinter der dunklen Bäckerei hinauf, um mit meiner Familie zu Abend zu essen, während die Sterne langsam sichtbar wurden und nach und nach über dem ganzen Tal aufschienen und der weiße Polarstern, der schon verläßlich über dem Turm der Bapistenkirche stand, den Weg zum Burrilville-Sanatorium und zum Wasser des schwarzen Harrow Pond wies.

Eines Morgens Ende November fiel leichter Schnee, bestäubte die gefrorenen Felder mit einer dünnen Puderschicht. Das Hindernis der dichten Baumwipfel aber konnte er noch nicht überwinden, so daß der Boden im

Wald trocken und nackt blieb. Nachdem ich ungefähr drei Kilometer gelaufen war, ging ich über eine bereifte Heuwiese und kreuzte die alte Vaughan Road, eine schmale gepflasterte Straße, die an den Ufern einsamer Teiche entlangführte, den Bezirk von Nordwesten nach Südosten durchschnitt und sich durch die Silberahorne und Krüppeleichen des Waldes wand.

Wenn ich mir die Szene jetzt in Erinnerung rufe – den wirbelnden Schnee, das graue Licht über den mit Rauhreif bedeckten Weiden –, dann meine ich, ihn zuerst ungefähr hundert Meter vor mir gesehen zu haben, als er sich am Rande meines Gesichtsfelds in der Vaughan Road vor dem Hintergrund der reglosen, bereiften Bäume bewegte. Wenn ich mich richtig erinnere, spürte ich danach den festen Untergrund der gepflasterten Straße unter den Füßen und beobachtete nun aus den Augenwinkeln einen gebeugten, wettergegerbten kleinen Mann mit Nickelbrille, der grimmig auf seinen Pfeifenstiel biß; er trug wie ich eine dunkle Entenjägerkappe mit hochgestelltem Schirm und heruntergezogenen Ohrenklappen; das Kinnband saß stramm und schnürte das Kinn ein, so daß es aussah wie eine rote Kartoffel. Der Mann ging mit abgehackten, fahrigen Bewegungen über die Vaughan Road; die Augen auf den Boden gerichtet, schien er ununterbrochen brummelnd und fluchend vor sich hin zu reden. Ab und zu blickte er auf; seine Augen waren hart wie Granit, hielten Freund und Feind auf Abstand – meine Mittagsdose hörte auf zu schwingen, als dieser Blick mich aus dreißig Meter Entfernung traf.

Wenn der Mann den Kopf hob, spannte er den Hals so an,

daß der Adamsapfel wie eine Erdbeere in der faltigen Kehle hervortrat; man sah die blauen, geschwollenen Adern an der Schläfe, als er den Kopf wieder in den Wind neigte. Dann war er an mir vorbei, und ich sah ihn von hinten: seinen schlenkernden, ruckartigen Gang, den alten, unter einem rotschwarz karierten Mackinaw gebeugten Rücken, die Wirbelsäule knotig und verdreht, unmenschlich verbogen, Gelenke und Knorpel geprägt durch eine lange Geschichte schweißtreibender Anstrengungen.
Jedesmal wenn er seine harten schwarzen Hitchcock-Stiefel zu einem Schritt hob, mußte er sein ganzes Gewicht auf das andere Bein verlagern, die behandschuhten Hände streckten sich in die Luft, die Hosenbeine schlotterten um die spindeldürren Oberschenkel, der ganze Mann schaukelte und rollte – langsam, mühevoll – über das löchrige, ausgetretene Straßenpflaster.
Dann war ich vorbei und sah nur noch die dunkle, zarte Silhouette des Waldes. Die schwarz angelaufene Taschenuhr meines Großvaters Harper zeigte sieben Uhr achtzehn, ich spürte den leichten Druck des Kompasses in meinem Handschuh, wußte, daß die Nadel zitternd nach Norden zeigte, und der alte, früh aufgestandene Wandersmann hatte sich zwischen den klar umrissenen Bäumen verflüchtigt, zurück blieb nur noch verwehender Atem, ein ferner Fleck auf der Straßenoberfläche.

* * *

Eines Abends Anfang Dezember – es war wohl die zweite Dezemberwoche: rote, blaue und sanftgelbe Weihnachtslichter zierten das Fenster der Bäckerei – hörte man das scharfe Knacken hart aneinanderschlagender trockener Zweige, und in der Nacht fauchte der Wind unter einem blinkenden Halbmond, Blitze zerrissen die Dunkelheit, der Donner rollte über die Dächer von Wilkes, und im Schein der Straßenlaternen an den Ecken unseres Hauses in der Main Street sah man die obersten Äste der Bäume wild zucken und schlagen. Am nächsten Morgen wehte der Wind wie ein dünnes kaltes Tuch, das der Sturm hinter sich herzog. Ich machte mich auf den Weg zum Sanatorium, vorbei an abgerissenen dürren Zweigen und ganzen Büscheln von Immergrün, die der Sturm vor sich hergetrieben und schließlich irgendwo liegengelassen hatte. Äste hingen zersplittert und verdreht im Unterholz, das vom Wind nach Süden gekämmt worden war. Ich schwang mich an der Vaughan Road über das Gatter zur Heuwiese und marschierte im Eiltempo meiner Arbeit und den Alten entgegen, der Wind strich jetzt dicht über dem Boden und fuhr mir um Knie und Knöchel; am Himmel trieben Wolkenfetzen. Ich hielt den Kopf gesenkt; hinter mir knackte und rauschte das Gehölz im Wind, als ob sich die Bäume Geheimnisse erzählten.

Und da war er wieder, tauchte aus dem Nichts auf wie eine Geistererscheinung – wie eine Märchengestalt, die vielleicht mein Großvater Harper an einem Winterabend vor langer Zeit heraufbeschworen hatte. Im spärlichen Morgenlicht schlurfte er mir über das rissige Pflaster entgegen, eine gebrechliche, fast durchscheinende, braunfleckige Hand fest am Pfeifenkopf, das Kinnband der Mütze hing lose und schlug ihm leicht gegen den Adamsapfel, er segelte in Schräglage wie ein altes Schiff im Fahrwasser über die

Straße. »Bleib stehen, Junge!« brüllte er im Kommandoton eines Generals – er verzerrte den Mund und spuckte die Worte aus dem Mundwinkel ans Licht und in den Wind. »Willst du wohl stehenbleiben! Holla!«

Ich blieb, wo ich war, umklammerte mit den Fingern einer Hand den Griff meiner Mittagsdose, umschloß mit der anderen den Kompaß, hielt mich auf diese Weise im Gleichgewicht und sah ihm zu, wie er mir entgegenstrebte, und fragte mich, was er Seltsames von mir wollte. Als noch gut zwei Meter Straße zwischen uns lagen, blieb er stehen – der Abstand zum Mitmenschen, der in unserer Gegend als Höflichkeit galt. Er riß sich die Pfeife mit einem Ruck aus dem Mund, um das angeschlagene Ende des Stiels auf meinen Nasensattel richten zu können, kniff die Augen hinter den dicken Brillengläsern zusammen und sagte: »Was *zum Teufel* denkst du dir eigentlich dabei, Junge? Kannst du mir das verdammt noch mal erklären? Antworte gefälligst!«

Ich trat einen Schritt zur Seite, wich unmerklich zurück, suchte nach einer Antwort, fand aber keine, die nicht genauso lächerlich oder abstrakt wie die Frage des alten Mannes gewesen wäre. In der Pause fiel die Pfeife wie ein Hammer herab, zuckte dann wieder nach oben, und das Gesicht des Alten verzerrte sich vor Zorn.

»Wie heißt du, Junge?«

»Harper, Sir.«

Er steckte sich die Pfeife zwischen die Zähne und brummelte: »Harper von der Bäckerei? Ist das dein Vater?«

»Ja, Sir.«

»Ezra Harper dein Großvater? Der hier oben Heuwiesen hatte?«

»Ja, Sir. Aber er ist vor ein paar Jahren gestorben.«

Er fischte einen abgewetzten Tabaksbeutel aus der Tasche seines Mackinaws. Und dann klopfte er die Pfeife an seinem Hüftknochen aus, hielt den Pfeifenkopf immer wieder ins Licht und spähte kritisch hinein, blinzelte und brummelte tief in der Kehle. »Wie oft bist du über mein Feld da drüben gelaufen, was schätzt du?« fragte er und zeigte mit dem Kinn in Richtung der Weide, die Pfeife zitterte dabei in seiner Hand. »Im letzten Monat oder so, was meinst du, Harper – sag schon!«

Aber ich konnte nichts dazu sagen. »Ich weiß nicht«, stotterte ich leise, und die Pfeife senkte sich wieder und kam schließlich im Tabaksbeutel zur Ruhe.

»Aber ich weiß es«, sagte der alte Mann und grub abwesend im Beutel, hinter ihm flogen dunkle Tabakkrümel auf die Straße. »Dreiundzwanzigmal – streite das ja nicht ab – ich hab mitgezählt. Du hast Land betreten, das nicht dir gehört, Junge. Mein Land. Verstehst du mich?«

»Ja, Sir.«

»Laß das dämliche ›Ja, Sir‹«, brüllte er. »Du kannst mir den ganzen Tag lang dein ›Ja, Sir‹ erzählen, das nützt dir gar nix«, und er kniff die Lippen zusammen, während der Wind auffrischte und ihm auf Wangen und Brille drückte. »Jetzt hör mal zu: Ich bin imstande und zeig dich an, Harper. Das ist Landfriedensbruch. Geb keinen Pfifferling auf Leute, die mein Land unbefugt betreten, nein, Sir, das tu ich nicht.«

Er steckte sich die gestopfte Pfeife zwischen die Lippen, preßte den Daumen wie einen Korken auf den Pfeifenkopf und ließ sie, während er weiterredete, ständig auf und ab hüpfen. »Dein Großvater hat auch nix von denen gehalten«, warf er dann ein. »Nicht daß ich wüßte. Wundert mich, daß er dir das nicht abgewöhnt hat, unbefugtes Betreten und so was. Kommt mir komisch vor. Bist du wirklich ein Harper?«

»Das bin ich«, sagte ich »Ich bin nach ihm genannt, Sir. Ezra.«

Der alte Mann schüttelte verstört den Kopf.

»Na ja, ist auch egal«, seufzte er. » Wir beide müssen uns jetzt über das Thema Reparationen unterhalten, Junge – weißt du, was Reparationen sind? Genau das, was das Wort sagt. Du hast Schaden angerichtet, und jetzt mußt du ihn *reparieren.* Damit kannst du vielleicht verhindern, daß ich dich anzeig. Fair ist fair, verstehst du. Sagen wir: Du arbeitest das bei mir ab, einen vollen Tag lang, und die Sache ist in Ordnung, was mich betrifft. Nicht zuviel verlangt als Gegenleistung, wo du so oft auf meinem Feld rumgetrampelt bist, verstanden, Harper?«

Er holte ein Streichholz aus der Brusttasche seines Mackinaws, strich es mit einer zittrigen Bewegung über seinen Hosenboden, zog dann die Stirn kraus und fluchte, als es zwar aufflackerte, aber vom Wind sofort ausgeblasen wurde, warf es weg und riß ein zweites an, worauf der Vorgang sich wiederholte, nur daß seine Flüche nun kräftiger und länger wurden – *verdammter Wind, Scheißhöllensturm, verflucht noch mal!* –, während das brennende Streichholz zwischen den dreckgeschwärzten Fingern erlosch. Mit der anderen Hand zog er sich die Pfeife wieder aus dem Mund, schmatzte vernehmlich und sagte: »Den Weg muß ich ja nicht beschreiben – paar hundert Meter zurück auf der

Straße und dann das erste Haus – überdachter Stellplatz davor – den Tag kannst du dir aussuchen, Junge, aber Samstag ist immer am besten – gleich *frühmorgens*, ist das klar? Irgendwelche Einwände, Harper?«

Aber ich wußte wieder nicht, was ich sagen sollte. »Also dann, komm pünktlich, Junge. Samstag früh« – der alte Mann sagte das, als wäre es ein Verweis. Und ich stimmte zu, indem ich nicht widersprach, und ging durch die reglosen schwarzen Eichen des Waldes davon, auf meinem Weg zum Burrilville-Sanatorium.

Der alte Mann auf der Vaughan Road erinnerte mich an meinen Großvater, und unterwegs gingen mir Bilder von ihm durch den Kopf, an die ich auch jetzt denken muß: Erinnerungsfetzen, die vielleicht nur auf Wehmut und Sentimentalität beruhen. Einmal krochen er und ich in seinem Werkzeugschuppen auf den Knien herum und suchten nach dem Bohrerschlüssel – meine einzige verschwommene Erinnerung an sein Gesicht, ein offenes freundliches Gesicht, so hager wie das meines Vaters. Ich sehe ihn vor mir, wie seine gewaltigen, prachtvollen Hände zwischen den gelockten Hobelspänen auf dem Lehmboden suchend umherfuhren; wie ich, seinem breiten Rücken folgend, durch den Kiefernwald hinter seinem Heuschober lief. (*Hier war mal ein Apfelgarten,* erklärte er mir und streckte sich in der kräftigen Brise des Frühlingstages – *ist jetzt alles von den Weißkiefern da überwachsen. Hat sowieso nicht viel getaugt … zu sandig … die Äpfel schmeckten nach Blech – waren meistens Kochäpfel. Siehst du da unten? Wo mein Finger hinzeigt? Den alten Sumpf? Das war mal ein Teich, Ezra. Hast du die Stelle gefunden? Den haben wir selbst gegraben, im Sommer haben wir*

da gesessen … mein Gott, mein Gott … aber hier, wo wir jetzt stehen, da waren überall Apfelbäume …)
In seinem Keller hatte er Werkzeuge, die jetzt gar nicht mehr hergestellt werden – ein Breitbeil, ein Spaltmesser, einen handgemachten Rundschäler –, diesen Keller hatte er selbst ausgehoben, als das Haus schon gebaut war, bei Mondlicht und dem Schein einer Petroleumlampe und ohne einmal den Kirchgang zu versäumen, während mein Vater Schubkarren voll Erde und Steinen und Wurzelwerk in den Wald beförderte und auskippte.
Es ging das Gerücht, daß Ezra Harper in seiner Freizeit bei Zusammenkünften in Fabriken und Bürgerversammlungen aufrührerische Reden geführt hätte; einmal hatte er sich mit einer Schrotflinte aus Versehen ins Knie geschossen; eines Nachts hatte er einen Mann durch ein Kneipenfenster geworfen. Geschichten hatte er erzählt von einem Mann namens Flinch und seiner Wünschelrute in der großen Dürre, von Liebespaaren, die ihm in dem Herbst Äpfel stahlen, als Truman in der Nähe eine Wahlveranstaltung abhielt, von einer durchzechten Nacht, einem Tonkrug und einer Schlägerei im Wald – immer spann er sein Garn mit ernstem Gesicht, aber seine Mundwinkel verrieten ihn. Und als ich an diesem Morgen unterwegs zur Arbeit und zu den Alten war, sah ich ihn glasklar vor mir, wie an jenem rauhen Herbsttag tief im Wald, nachdem wir kilometerweit durch überfrorenen Schlamm, über Blätter, die unter unseren Füßen zu Pulver zerfielen, über Hügel und durch Senken und modrig riechende Sümpfe mit stillen kümmerlichen Pappeln gelaufen waren. Auf einmal war mein Großvater Harper stehengeblieben, irgendwo in dem end-

losen Wald, hatte mit den Stiefeln prüfend aufgestampft und dann mit dem Finger auf eine ungewöhnliche Gruppe von großen Steinen gewiesen.

»Da hab ich deine Großmutter begraben«, hatte er gesagt, ganz nüchtern und sachlich, und wir beide hatten schweigend dagestanden – das schwierigste Schweigen meines Lebens. Wir standen vor den Steinen und sahen sie an, bis er sich am Kopf kratzte und noch einmal mit den Stiefeln aufstampfte und mich dann durch den dunklen Wald zu einer Stelle führte, an der Quellwasser aus einem Spalt zwischen den Wurzeln einer Kastanie sprudelte.

* * *

EDWARD STONE stand in schwarzer Farbe auf dem Briefkasten. Als ich am Samstagmorgen an seinem Haus eintraf, hatte es gerade angefangen zu schneien. Der Schnee fiel zögernd, friedlich und still. Und der alte Mann trottete mir entgegen, als ich den Weg zu seinem kleinen Holzhaus hinunterging – es hatte eine altmodische, moosbewachsene Verschalung, eine Veranda mit Schnitzwerk, einen hohen Giebel und einen Schornstein, über dem graue Rauchfetzen standen. Er trug ein aufgerolltes Seil über der Schulter, die immer kalte, immer glutlose Pfeife diesmal schräg im Mundwinkel, so daß sie nach Westen zeigte, während er nordnordwestlichen Kurs nahm, um mir an der Ecke seines überdachten Stellplatzes gegenüberzutreten.

Um Ed Stones Besitz stand es nicht zum besten. Das alte steinerne Bauernhaus war dahin, nur noch ein Trümmerhaufen – verkohlte Dielenplanken, die noch immer eigensinnig parallel lagen; ein zerbrochener Granitsockel, dessen Bruchstücke jetzt verstreut zwischen schwarzen, durchlöcherten, in der Hitze eines Brandes geschmolzenen und verformten Wasserrohren aufragten; schwarzer Schutt, Steinbrocken und verkohlte Balkenstücke bedeckten Reste eines eingestürzten Herdes; von dem Kamin waren noch zwei halb zusammengebrochene Mauern übrig. Von zwei Scheunen standen nur noch die Dachsparren, die Bretter der Seitenwände lagen zwischen den Kiefern auf dem Grundstück verstreut herum, die Weide war von Baumschößlingen und Kletten überwuchert und auf der Südseite vollkommen verwildert, der Zeit und dem Wetter preisgegeben. Und was sein kleines, in den Hang gebautes Kiefernholzhaus anging, so stand es im tiefen Schatten, hatte winzige quadratische Fenster, die auf die verwilderte Weide hinausblickten. Die Tür öffnete sich auf Unkraut und Trümmer.

Ich schlug mir den Schnee von den Schultern und folgte Ed Stone – *hier lang, Harper, aber ein bißchen munter* – vorbei an seinem Holzschuppen und dem leeren Hühnerstall unter den Kiefern, bis er in etwa zehn Meter Abstand vom Giebel seines Hauses stehenblieb und nach oben in die schlanken, ausladenden Äste einer amerikanischen Ulme wies. Sie war fast dreißig Meter hoch und auf halber Höhe abgebrochen wie ein Bleistift. Von der Bruchstelle aus hingen die restlichen Meter, schräg nach unten weisend, in den Ästen einer Kiefer, die den Sturz aufgefangen hatte. Dort wartete der abgeknickte Stamm schwankend, entlaubt, auf den nächsten Sturm, der ihn wie einen von den Göttern geführten Rammbock auf Ed Stones dunkles Holzhaus schleudern und es in zwei Teile zerschlagen würde.

Im halben Licht des Morgens sah der alte Mann, während er als Silhouette vor den Kiefern und der grauen Geometrie seiner Ruinen stand, genauso gekrümmt und gebrechlich und ebenso hoffnungslos erloschen aus wie die traurigen, verlorenen, sprachlosen Gestalten, unter denen ich mich gegen Bezahlung im Burrilville-Sanatorium bewegte. Seine Brille war verrutscht und der karierte Mackinaw falsch geknöpft, so daß der Kragen auf einer Seite absurd in die Höhe ragte. Ed Stone stand mit zurückgelegtem Kopf da, im Mundwinkel hing ihm eingetrockneter dunkler Speichel, die Haut am Hals war durchscheinend und blau gefroren, sein eingefallenes Gesicht spannte sich unter den prickelnden Eisnadeln des neuen Schnees; der Pfeifenstiel zitterte, der Atem kam keuchend und stoßweise wie Staub aus einem verstopften Blasebalg. Durch die beschlagene Brille blinzelte er hinauf zum abgebrochenen Stamm der Ulme, der sich hoch oben verfangen hatte und einen unwahrscheinlichen Anblick bot, weil er als einziger quer lag und wie eine weitgespannte Schwebebrücke in den Kronen der ausnahmslos kerzengerade senkrecht stehenden Kiefern hing.

»Problem ist«, sagte er, während er den Arm aus der Seilrolle zog, »das Ding runterzuholen, ohne daß es aufs Haus stürzt.«

Und damit fing er an, mir seinen Plan auseinanderzusetzen – in feierlicher Rhetorik, als ginge es nicht darum, einen Windbruch aus den Bäumen zu ziehen und zu Boden zu bringen, sondern darum, den Delaware zu überschreiten und bei Trenton am Ersten Weihnachtstag den Briten gegenüberzutreten. Als er fertig war, legte ich mir die Seilrolle um den Hals und kletterte in eine Kiefer, die er ausgesucht hatte, schlang einen festen Knoten in das Seilende, um es schwerer zu machen, warf es über den abgeknickten Stamm der Ulme und sah zu, wie es unten ankam. Ed Stone machte fünfzehn Meter unter mir eine Schlinge daran, und ich warf auch das andere Ende des Seils hinunter, damit er es durch die Schlinge ziehen konnte. Das tat er mit zittrigen Händen, während ich mich wieder aus der Kiefer hinunterarbeitete und dabei einen Blick auf die verwilderte Weide und das trapezförmige Chaos der düsteren Farmhausruine warf.

Der Schnee sammelte sich allmählich als weiße Staubschicht an allen Stellen, die nicht vom Dach der Äste geschützt waren, in Vertiefungen und Mulden und auf dem Pfad, der von der Ruine zur Holzhaustür und weiter zu dem überdachten Stellplatz führte, er bildete weiße Striche auf den Graten offenliegender Äste und ließ sich auf dem Schrägdach und den obersten Kaminsteinen des dunklen Holzhauses nieder, breitete eine glitzernde weiße Decke über die Ruine, die verstreuten Bruchstücke des geborstenen Sockels, die nackten, ragenden Rohre, die schwarz verkohlten Balken, die nebeneinanderliegenden Bodenbretter, die Reste der Dachsparren und Holzstücke, die auf den Überbleibseln des kalten Steinherdes aufgehäuft waren. Der erste stetige, zuverlässige Schneefall des Winters hatte im Ernst begonnen, er wurde stärker, als das graue Licht, aus dem er kam, hinter den Wolken allmählich dichter wurde, bis der ganze Himmel ein einheitliches Grau war – das alte vertraute erdnahe Licht war nur noch unterhalb der Kronen von Ed Stones Bäumen zu erahnen.

Ich habe nicht gesehen – auch wenn ich es mir in der Erinnerung ausgemalt habe –, wie der alte Mann über den Eckstein seiner Ruine stolperte und hinfiel. Ich hatte ihn unter den dunklen Bäumen zurückgelassen und mich auf den Weg gemacht, seinen Pick-up zu holen, der in unserem Schlachtplan eine wichtige Rolle spielte. Als ich losging, ließ er die Schlinge nach oben laufen, ging dabei steifbeinig zwischen den Kiefern rückwärts, mit zurückgelegtem Kopf ins graue Licht blinzelnd. Die Schlinge glitt zuerst glatt nach oben, kam dann aber, weil die Spannung des Seils geringer und die Schräge flacher wurde, je weiter Ed zurückging, ins Stocken. Und dann stürzte Ed, niemand war dabei, es war ein unglücklicher Zufall, weiter nichts. Ich hörte seinen Schrei – gedämpft und kraftlos – durch den fallenden Schnee.

Ich machte kehrt und lief den Weg wieder zurück, ganz plötzlich fühlte ich mich so allein, daß ich meinen eigenen Atem überlaut hörte; ich fand Ed Stone, er fuhr suchend mit den Händen über die Kante seiner Hausruine, sein eingefallenes Gesicht eine Grimasse des Erstaunens, gezeichnet von Reue und Selbstvorwürfen, seine Nickelbrille schief und verbogen. Die vertraute Pfeife, die zu ihm gehörte wie Finger und Hände, war nirgends zu sehen, und das Seil schwang wie ein langsam zur Ruhe kommendes Pendel drei Meter vor ihm durch den herabrieselnden Schnee. Verbissen, wild entschlossen, linkisch und grotesk – wie ein Zugpferd, das sich das Bein gebrochen hat und sich nun schaumbedeckt am Boden wälzt und nicht begreifen kann, daß die Schwerkraft und die Erde es niederhalten –, versuchte der alte Mann hochzukommen, hielt sich an den alten Mauerresten fest, zog sich empor, sackte wieder zusammen, suchte verzweifelt nach einer Möglichkeit, Boden unter die Füße zu bekommen. Sein Gesicht bekam einen neuen Ausdruck, Schmerz überlief ihn, brannte in seinen Augen – der alte Narr hatte das linke Wadenbein belastet, den Knochen, den er sich bei seinem Sturz gebrochen hatte. Er fiel auf die Seite. Zusammengezogen wie zerknittertes Papier, umklammerte er das gebrochene Bein mit beiden Händen und weinte ohne Scham im Schnee zwischen den Ruinen seines alten Hauses.

Ich hob ihn vorsichtig hoch – er war leicht wie ein neugeborenes Kalb – und trug ihn vor mir, einen Arm in den Kniekehlen, einen unter den Schulterblättern, ängstlich darauf bedacht, daß das unnatürlich nach außen abgeknickte Bein nicht berührt wurde, in das warme Innere seines Hauses. Durch den reinen Schneeduft drang sein starker Körpergeruch zu mir. Ed roch nach mürben alten Buchseiten, Mörtelgefäßen im Keller, getrockneten Pilzen und Zahnpasta. Der alte Mann wimmerte und weinte Tränen, die mich ratlos machten vor Schuldgefühl und Scham, sein Gesicht war mir so nahe, seine Augen gingen feucht hinter den dicken Gläsern seiner Brille hin und her, er weinte ohne jeden Mut, was mir damals unbegreiflich, unmöglich erschien.

Drinnen war der Ofen fast erloschen, das Haus dunkel wie eine Höhle und erfüllt von beißendem Holzrauch. Ich ließ den alten Mann aus meinen Armen vorsichtig auf sein ungemachtes Bett im Alkoven des einzigen Zimmers gleiten; er fiel matt in sich zusammen, atmete keuchend und blickte starr auf den schwarzen Ruß, der wie dicke Paste an den

Dachbalken klebte. Ich rief den Arzt in Wilkes an – damals machten Ärzte noch Hausbesuche –, brüllte laut in den Hörer, der zur Antwort rauschte und knackte – und dann hängte ich ein und wartete, hatte keine Worte für das, was geschehen war, horchte stumm auf das Ticken einer Uhr, die irgendwo ohrenbetäubend die Zeit anzeigte, und fütterte den Ofen mit Ahornscheiten.

»Möchten Sie eine Decke?« fragte ich, als das Feuer gut zog.

»Nein. Ich brauch keine Decke.«

»Brauchen Sie sonst etwas?«

»Geh nach Hause, Junge. Die Arbeit ist zu Ende.«

Ich setzte mich an den Eßtisch.

»Der Doktor kommt gleich«, sagte ich. »So lange warte ich noch.«

Der alte Mann knurrte und hüllte sich in seiner Ecke in Schweigen.

Fünfzig Minuten später richtete Doc Schofield das Bein. Gegen Mittag kam Vic Crowell die Vaughan Road herunter und zog die abgeknickte Ulme mit seinem Schneepflug herunter. Sie fiel in die Trümmer des alten Hauses, und ich nahm Ed Stones Kettensäge und zerlegte den Stamm zu Feuerholz.

Um halb drei kam Ed Stones Sohn aus West Putnam, Connecticut, wo er Chef der örtlichen Feuerwehr war. Er fragte mich, was passiert sei. Ich erzählte ihm alles. Er gab mir fünf Dollar, und ich ging im grauen Licht des Waldes nach Hause.

* * *

Der Frühling kam, nicht zögernd und bescheiden wie in der Gegend, in der ich jetzt wohne, sondern rauschhaft, gierig, zügellos, mit grellem Sonnenlicht.

Im Sanatorium war die Reaktion auf diese Veränderung schwach, nur eine Meditation über Licht und knospende Bäume und sprießendes Gras, nur die Wahrnehmung, daß der Wind vom Feind zum Verbündeten geworden war. Wenn festliche Stimmung aufkommen wollte, wurde sie sogleich gedämpft und überlagert von der Empfindung der Kontinuität in allen Dingen – das Leben dort war wohl schon jenseits von Jahreszeiten, so kam es mir wenigstens vor, wenn ich meine Schützlinge in ihren Rollstühlen zum Harrow Pond fuhr, wo das leuchtende Grün des Sumpfgrases und die Sonne auf dem schwarzen Wasser nur zu mir allein unter den versammelten stummen Alten zu sprechen schienen.

Eines Tages, als gerade niemand darauf achtete, waren plötzlich wieder Blätter an den Bäumen, die Erde wurde weich, Lerchen flatterten über den Teich, aber im Sanatorium blieben die Kerben der vergehenden Zeit konstant, dauerhaft fixiert, ohne Rücksicht auf Jahreszeiten und den Winkel des Sonnenlichts. Man starb im Bett, wie Mrs. Curfall, die mit ihrer handgestickten Tasche neben sich schlief, unter den Laken zusammengekauert, nicht größer als ein zehnjähriges Kind; oder man wurde in aller Stille nach Boston in eine Klinik gebracht, wie Mr. Oslough, der bei jedem Wort heimtückisch von seinem Kropf gewürgt wurde.

Es kam auch vor, daß jemand einen kleinen Sieg errang, zum Beispiel einen Blumenstrauß pflückte oder ein Bild vom Teich malte, oder daß eine Spielgruppe ein langes Canasta-Turnier zu Ende führte und die Teilnehmer mit dem Abglanz eines Lächelns im Gesicht Tee tranken. Oder aber jemand starb ganz plötzlich. Mrs. Tullis zum Beispiel, in den Achtzigern, größer als ich, beinahe kahlköpfig, stumm und ernsthaft, kippte einfach um und stand nicht mehr auf, während die anderen wortlos zusahen und auch später keine Worte fanden.

An einem hellen, frischen Morgen Ende Mai sah ich Ed Stone wieder, fünf Monate nach seinem Sturz an der Ecke seiner Ruine. Ich stand am Ufer des Harrow Pond neben Mrs. Kennaugh, die in ihrem Rollstuhl mit offenem Mund fest schlief, ihre Augäpfel flatterten unter den geschwollenen Lidern, ihr endloses Strickzeug, für alle Zeit mit Nadeln versehen, baumelte von ihrem Schoß herunter – da schob Ed Stone Junior, der Feuerwehrchef aus West Putnam, seinen alten Vater im Rollstuhl über den Weg, der sich durch das Kiefernwäldchen schlängelte und am Rand des Teiches endete. Er hielt an, blockierte die Räder am Rollstuhl und stand neben seinem Vater und mir, breitbeinig, die Arme verschränkt. Der alte Mann saß ohne jeden Ausdruck da, das Gesicht leer wie eine abgewischte Schiefertafel, die Schuhe schief auf der Fußleiste, und blickte auf das schwarze Wasser hinaus.

»Sieht nach Sturm aus«, sagte der Sohn – aus meiner Sicht auch schon alt, ein kräftiger Mann, der Bauch wie ein gußeisernes Öfchen, mit freundlichem Gesicht – und streckte oder rammte vielmehr einen Finger in den Westen, wo sich Gewitterwolken am Horizont türmten. Das Licht traf den Teich golden und voll mit klaren senkrechten Strahlen, als ob Stücke der Sonne selbst aus dem Himmel herunterbrachen, aber im Westen, noch so weit entfernt, daß es wie eine Fata Morgana wirkte, sammelte sich ein düsteres Grau.

Mir kam Ed Stone im ganzen kleiner vor, sein Hemd hing sackartig an ihm. Seine Brille saß ihm sehr wacklig auf der Nase, seine Knöchel waren von schwarzen Socken umhüllt und verschwanden spindeldürr in seinen Schuhen. Wie er so auf die Wasseroberfläche hinunterstarrte, fand ich sein Gesicht im Profil fahl und eingefallen; die fleckigen Hände lagen zitternd auf den Knien, der Kiefer bewegte sich kauend. Er wirkte wie ein Mann, der aus Pulver gemacht ist und sich mit dem kleinsten Wind in Staub auflösen könnte, der dann über den Teich trieb. Das einzig Feste an ihm schienen Hemd, Hose und Schuhe zu sein. Er hatte keine Pfeife mehr, und die Zähne fehlten, weil sie vergessen oder nutzlos geworden waren; die gesamte untere Partie seines Gesichtes um die Mundöffnung herum war eingesunken. Die Venen in den Schläfen sahen flacher und dunkler aus, das Gesicht wirkte im ganzen weniger streng und gedankenverlorener. Er schien sich daran gewöhnt zu haben, im Sitzen und ohne eigenes Zutun durch die Welt bewegt zu werden – auch wenn aus der starren Haltung seines Körpers hervorging, daß er nicht damit einverstanden war. Seine Augen schwammen unruhig wie Elritzen hinter den Brillengläsern.

»Wir werden dir wohl deine Angelrute herschaffen müssen, Dad«, sagte der Sohn betont munter und legte dem Alten die Hand auf die Schulter. »Eine Masse Barsche in diesem Teich.«

Mrs. Kennaugh wurde unruhig, schniefte, hatte kurzzeitig Probleme mit dem Atmen, dann fiel ihr Kopf auf die linke Schulter. Eine Pflegerin von einer anderen Station kam vorbei, sie schob ein ungefähr zwölfjähriges Mädchen im Rollstuhl, ein Kind mit Schaum vor dem Mund, das wild gestikulierte und in einer wirren unverständlichen Sprache guttural vor sich hin brabbelte und die Hände der Sonne entgegenstreckte. Sie hielten zwanzig Meter weiter am Ufer an, und die Pflegerin begann, Steine über die Wasseroberfläche hüpfen zu lassen. Das Mädchen, das fest angeschnallt war und sich die blassen Arme wild um die Ohren schlug, jubelte bei jedem gelungenen Wurf. Eine Kanevasente schwamm über den Teich, glitt über die Blätter der Wasserlilien, tauchte dann und verschwand geschmeidig und lautlos in der Schwärze.

Mittags brachte ich dem alten Mann Essen in das Zimmer im dritten Stock am Ende des Flurs, das er mit Mr. Lloyd teilte. Er saß allein, dem Licht zugewandt, das spärlich durch das einzige Fenster seiner Zelle fiel, er wirkte so karg und unscheinbar und reglos wie die grauen Stahlrohrbettgestelle und der Waschtisch und der niedrige Nachttisch, auf dem ich jetzt seine Pfeife, sein Gebiß am Boden eines gefleckten Wasserglases und ein schwarzes Brillenetui liegen sah. Mr. Lloyd lag bis zum Kinn zugedeckt im Bett, starrte zur Zimmerdecke hinauf, ohne etwas Bestimmtes zu sehen, und massierte sich geduldig und nachdenklich die dicken Venen an den Schläfen. Drei oder vier Fliegen kreisten summend über ihm, aber Mr. Lloyd schien es nicht zu bemerken, und so wurden auch die Fliegen zu einem Teil des lastenden Schweigens im Zimmer.

»Ist das Frühstück?« fragte Mr. Lloyd. »Zu früh für Frühstück. Ich glaub, Robert kommt gleich. Wir fahren nach Hause.«

Ich schlug seine Decke zurück, nahm das Katheterröhrchen ab und die Bettpfanne weg.

»Ich bring die Waschschüssel«, sagte ich. »Mr. Stone, müssen Sie vor dem Essen zur Toilette?«

Er drehte zittrig den Kopf, und in seine rotgeränderten Augen trat der Ausdruck traurigen Wiedererkennens, gepaart mit einem Stolz, der durch meine Anwesenheit und meine Frage hervorgerufen wurde. Seine Lippen wurden schmal, und er wollte offenbar etwas Strenges sagen – schließlich war ich es, der im letzten Winter unbefugt sein Land betreten hatte –, was aber ohne Zähne nicht möglich war. Ed Stone drehte seinen Rollstuhl herum und sah mich an, rollte dann zum Nachttisch und setzte sich das Gebiß sorgfältig und genau ein. »Toilette«, sagte er und sog an den Backenzähnen. »Toilette? Danach hast du mich gefragt, Junge?«

»Ja, Sir«, sagte ich. »Ich geh jetzt sowieso da runter, weil ich die Bettpfanne ausleeren muß, und Sie könnten gleich mitkommen, wenn Sie wollen.«

Mr. Lloyd hob den Kopf vom Kissen und sagte: »Ist das Robert? Ich hör noch gut, wissen Sie. Sehen Sie das hier? Mit dem Gerät kann ich nach der Schwester klingeln. Sie ist sehr beschäftigt.«

Ich schob sein Katheterröhrchen wieder auf, drückte es in die Halterung am Rand einer sauberen Bettpfanne und deckte ihn wieder zu.

»Besten Dank«, sagte Mr. Lloyd.

»Gern geschehen.«
In der Tür drehte ich mich um und sah über die Schulter zurück.
»Kommen Sie?« fragte ich.
Ed Stone umklammerte die Armstützen seines Rollstuhls, und dann tasteten sich seine Finger zu den Rädern, und er drehte sie sorgsam in meine Richtung, den Kopf hielt er gesenkt. »Nein, ich komme nicht«, antwortete er vom Fußende seines Bettes aus und lenkte den Rollstuhl wieder zu dem grauen Fenster, hielt zitternd an und starrte hinaus. Mr. Lloyd ließ den Kopf aufs Kissen fallen und fing wieder an, seine schwärzlichen Schläfen zu kneten.
»Macht, was ihr wollt, Leute«, sagte er zur Zimmerdecke, zu den Fliegen, die da herumschwirrten. »Macht, was ihr wollt. Nur zu. Bitte!«
In der Ferne grollte Donner – das Gewitter, das von Connecticut herübergezogen war, kündigte sich an. Eine Wanderdrossel ließ sich draußen auf dem Fenstersims nieder. Sie hüpfte zweimal, gewichtlos und tänzelnd in ihrem schimmernden Gefieder, ruckte leicht mit dem Kopf, kaum dreißig Zentimeter von Ed Stones Augen entfernt, und schwebte dann wieder hinaus zwischen die Kiefern.

* * *

Am Morgen fanden sie ihn mit dem Gesicht nach oben unter der Wasseroberfläche des Harrow Pond, in den Schlingpflanzen verfangen, mit weitoffenen Augen in die Sonne und die Wolken starrend. Den Rollstuhl hatte er am Rand des Weges stehenlassen, irgendwann in der Nacht, die sternklar geworden war, nachdem das Gewitter sich verzogen hatte. Auf Krücken war er zum Südufer gehumpelt, hatte die Brille abgesetzt, ordentlich zusammengeklappt und auf das Nadelpolster unter eine junge Kiefer gelegt, dann die Krücken im Mondlicht gegen den schlanken Stamm gelehnt. Ruhig hatte er sich aus dem Mackinaw geschält, dem, der genauso aussah wie meiner – ich habe ihn immer noch, mein Sohn trägt ihn zum Fischen –, und das Kleidungsstück über einen niedrigen Ast gehängt, Pfeife und Tabaksbeutel steckten in den Brusttaschen. Dann stand er da, hinter ihm das Kiefernwäldchen, vor ihm der Teich; er zitterte in der kalten Nachtluft. Barfuß kroch er in das kalte Wasser – die schwarzen Hitchcock-Stiefel hatte er ausgezogen und auf dem Kies abgestellt, die Socken steckten in ihnen –, schwamm, das nutzlose lahme Bein mitziehend, bis in die kalte Mitte des Teiches. Am Ende – und es kam schnell, sein Atem ging schwer – erreichte er einen Ort, an dem nichts mehr zu entscheiden war, die Lichter am Himmel glitten fort, und er fiel mühelos durch einen Schleier, einen Schoß, die Wasseroberfläche wich vor ihm zurück, unwiderruflich, es war unmöglich, und doch *wich* sie zurück, es war, als hätte er das bewirkt; es war, als bewegte er sich im Traum durch einen Tunnel, als hätte er sogar die Zeit, sich darüber zu wundern, daß Denken ohne Atmen möglich war, und in einem Wirbel, der ihn barg und zugleich ins Grundlose zog, sann er darüber nach, was die richtigen letzten Gedanken sein mochten, und die Gedanken, die ihm kamen, waren alle, alle trivial, besonders das Nachsinnen selbst war trivial, und das war sein letzter Gedanke, denn aus der Lähmung seines Körpers heraus bemerkte er nichts mehr, nur daß da nicht viel

Licht war oder daß alles auf seltsame Weise hell erleuchtet war denn das Licht und die Dunkelheit waren eines, vereinigt – und schließlich verschwand auch das.

ARCTURUS

An der »Last Stop Grocery« hielt Carl James an.
»Guck dir die an!« sagte er zu seiner Frau.

Vier Teenager hockten an der Mauer des Ladens und tranken Bier. Sie hatten einen Kasten Hamm vor sich, rauchten Zigaretten und sahen auf die Straße hinaus.

Ich weiß genau, was das für Typen sind, sagte Carl zu sich selbst.

»Wir brauchen noch ein paar Sachen für heute abend«, erklärte er seiner Frau, während er ausstieg. Er sah durch das Fenster in den Camper hinein, rieb sich dann das Kreuz. Es war eine lange Fahrt gewesen. »Soll ich was mitbringen?«

Louise ließ ihr Strickzeug sinken und antwortete: »Eigentlich hab ich alles eingepackt, was wir brauchen. Aber vielleicht besorgst du uns ein paar Plätzchen? Die können wir abends beim Kartenspielen essen.«

Ein Teenager ohne Hemd trug mit feuchtglänzenden Brustmuskeln einen Kasten Bier an ihnen vorbei.

»Plätzchen«, sagte Carl zu seiner Frau. »Eine besondere Sorte?«

»Nö«, sagte Louise.

»Bestimmt nicht?« fragte Carl. »Möchtest du nicht deine Kokosmakronen?«

»Nö«, wiederholte Louise. »Diesmal sollst du mich überraschen.«
Carl sagte: »Mach ich. Warte so lange hier.«
Als er an den Teenagern vorbeiging, hörte Carl sich sagen: »Trinkt nicht alles auf einmal, Leute. Sonst macht ihr euch in die Hosen.«
Er bereute es sofort. Das war genau das Gerede, das man jungen Leuten nicht anbieten sollte.
»Alles klar«, antwortete einer von ihnen.
Carl ging in dem Laden herum und suchte sich zusammen, was er brauchte. Als er am hintersten Regal angekommen war, hatte er in seinem Einkaufswagen eine große Wassermelone, eine Tüte Käsechips, eine Büchse Bohnen und einen Karton Bier. Das Bier wollte er zusammen mit der kleinen Flasche Scotch trinken, die er in seinem Angelkasten versteckt hatte, er wollte am Abend allein am Ufer des Little Nelson sitzen, das Wasser rauschen hören und sich nach und nach betrinken.
Er ging den Gang mit den Backwaren hinunter, und in diesem Moment sah er Floyd Paxton – ein rotes Gesicht hatte der jetzt, und ein geblümtes Hawaiihemd spannte sich über seinem Bauch. *Floyd!* wollte er rufen. Aber irgend etwas hielt ihn zurück. Floyd stand da, schnaufte ein wenig und starrte auf die Obstkuchen, Torten und Krapfen.
Während Carl ihn beobachtete, kratzte Floyd sich die rote Glatze, räusperte sich laut und nahm einen Heidelbeerkuchen. Er trug Sandalen, und seine Zehennägel sahen wie verrottet aus. Als er lautlos rülpste, verzogen sich seine Lippen, und Carl sah, daß auch seine Zähne schlecht waren. Alles an Floyd war alt, verrottet und faulig. Aber es war

Floyd. Kein Zweifel. Das begriff Carl sofort. Nur eben Floyd nach vielen, vielen Jahren, als fetter alter Mann.

Mein Gott, sagte Carl bei sich. *Ich will das nicht sehen. Herr im Himmel.*

Floyd stapelte noch zwei Obsttorten auf den Heidelbeerkuchen und schlurfte dann weiter zur Fleischabteilung.

Herr im Himmel, sagte Carl noch einmal im stillen. *Das nicht.*

Er zahlte an der Kasse und ging hinaus. Es war ein heißer Nachmittag, ein Freitag im August; weitere Teenager waren angekommen. Zwei tranken Bier in der Fahrerkabine eines Pick-up, Rockmusik schallte durch die Fenster.

»Was is los?« sagte einer von ihnen zu Carl.

»Nichts Besonderes«, antwortete Carl mit unsicherer Stimme. Er verstaute die Tüte mit Lebensmitteln, das Bier und die Wassermelone. »Ich hab deine Plätzchen vergessen«, gestand er Louise, als er den Camper anließ. »Tut mir leid, ich hab's einfach vergessen.«

Louise strickte jetzt eifrig. Die Sonne schien durch die Windschutzscheibe, und die Stricknadeln blitzten.

Sie sagte: »Um so besser. Wir hätten sie sowieso nicht gebraucht.«

»Höchstens wenn wir zwei Fettwänste werden wollen«, sagte Carl.

»Das kann man wohl sagen«, antwortete Louise. »Bloß daß wir schon Fettwänste *sind.* Ich jedenfalls, und du bist auf dem besten Wege, Carl.«

Sie piekte Carl mit dem Zeigefinger in die Seite. Carl schob den Finger lachend weg.

»Heh«, sagte er. »Du bist nicht fett. Du bist gerade richtig, Louise.«

»Vernünftig essen, viel Bewegung – und Geritol«, sagte Louise schulmeisterlich.

Dann fingen beide an zu lachen. Sie kamen zu dem Wald am Flußufer. Carl sah das Schild mit der Aufschrift: NORTH FORK CAMPINGPLATZ 14 MEILEN. Einen Sommer lang hatte Carl als junger Mann auf diesem Campingplatz gearbeitet. Er hatte die Verschalung für die Feuerstellen gezimmert. Er hatte Zement gegossen. Er hatte das Gelände planiert. Er hatte geholfen, die Löcher für die Plumpsklosetts auszuheben. Zusammen mit Floyd.

Damals waren sie Teenager gewesen, Floyd und er, aber sie hatten schon richtig gearbeitet, sie arbeiteten im Wald und taten, was sie konnten, um ihren Lebensunterhalt zu verdienen.

In dem Sommer waren sie in einer staatlichen Arbeitskolonne untergekommen. Sie arbeiteten auf Staatsland mit dem Forest Service – sammelten altes Holz und verbrannten es in großen Feuern, gruben Brandgräben und legten Schneisen –, was immer der Vorarbeiter sagte, wurde gemacht.

Nach der Arbeit hatten sie sich gewöhnlich im Last Stop ein paar Flaschen Bier gekauft, Blue Ribbon. Sie hatten eine Blockhütte, Floyd und er, am Rand eines alten Apfelgartens am Fuß der Berge, dort aßen sie abends zusammen Brot mit Fleischwurst. Manchmal schwammen sie im Deer Pool am Little Nelson oder setzten sich vor den Last Stop und alberten mit denselben Mädchen herum, mit denen sie schon in der Schule herumgealbert hatten, rauchten Zigaretten und sahen den vorbeifahrenden Autos und Holzlastern nach.

Aber das war lange her, lange bevor Carl nach Seattle gezogen war und Arbeit bei der Boeing Company bekommen hatte. In Seattle war er dann geblieben. Und er hatte viel erlebt seither. Zum Beispiel hatte er zwei Kriege als Soldat mitgemacht. Seine Töchter waren erwachsen, verheiratet und hatten Kinder. Seine erste Frau war an Krebs gestorben, und Carl hatte Louise geheiratet. Im Food Circus hatte er sie kennengelernt – sie aßen Tacos und tanzten dann zusammen Polka. Sie erzählte ihm, daß ihr Mann an einem Schlaganfall gestorben war. Als sie ihre Verlobung feierten, hatte er Floyd Paxton eine Einladung geschickt, aber Floyd hatte nicht geantwortet. Carl hatte damals vermutet, er sei vielleicht tot. Und dann hatte er Floyd Paxton vergessen. Damals lag das alles schon sehr lange zurück, und es hatte keinen Sinn, immer nur zurückzublicken.

Aber jetzt erinnerte er sich wieder, fast widerwillig. An einem Samstag hatten sie zwei aufgepumpte Autoreifenschläuche mitgenommen und in den Little Nelson River gesetzt. Carl hatte an dem Tag schon vier Flaschen Bier getrunken und brach nun, bis zu den Hüften im Wasser, seine fünfte an. Auch Floyd war bei seinem fünften Bier. Sie standen beide nackt da, mit flachem Bauch, tranken Bier unter dem zartblauen Himmel und hielten die Schläuche fest, damit die Strömung sie nicht wegriß.

»Heh, Fluß, jetzt kommen wir!« hatte Floyd gebrüllt und seine Bierflasche in hohem Bogen in den Wald geworfen.

Er packte die restlichen Flaschen in einen Jutebeutel und band ihn mit einem Stück Schnur an seinen Schlauch. Es war ein windstiller, sonniger und heißer Tag im Bergland,

unberührter Wald um sie herum, und der Fluß schoß tief und reißend vor ihnen dahin.
»Fünf Bier, und du spürst keinen Schmerz«, erklärte Floyd. »Wenn du dir den Kopf an einem Felsen im Fluß anschlägst, merkst du's überhaupt nicht.«
»Gut«, sagte Carl. »Dann kann ja nichts passieren.«
»Kann auch nicht«, stimmte Floyd zu. »Und für alle Fälle haben wir noch Bier in Reserve. Und einen Flaschenöffner. Für Notfälle.«
Grinsend zog er den tropfenden Jutebeutel aus dem Wasser.
»So was wie' n Erste-Hilfe-Koffer«, sagte Carl.
»Kann man wohl sagen«, meinte Floyd. »So sieht's aus.«
Sie stießen ab. Der Fluß nahm sie mit, zuerst ganz sanft, aber, wie Carl merkte, unaufhaltsam. Ringsum an den Ufern erhoben sich die geraden Stämme kräftiger Kiefern; in den weitentfernten hohen Bergen glitzerte die Sonne auf dem Schnee; die Schläuche trugen sie über die Oberfläche des Little Nelson, und die Sonne wärmte ihnen den Bauch. Wenn sie an Stellen kamen, wo Felsbrocken aus überhängenden Wänden herausgebrochen waren, paddelten sie mit den Händen gegen den Strom, bis ihre Schläuche anfingen zu kreiseln. Falls sie mit etwas in Berührung kamen, prallten sie gleich wieder ab.
Sie trieben dahin. Ihre Schläuche stießen gegeneinander. Floyd hatte schon einen Sonnenbrand auf der Nase, aber er schien es gar nicht zu merken. Mühelos, wie im Traum schaukelten sie auf dem Wasser, glitten an Hindernissen vorbei. Die Strömung hielt sie zusammen: zwei Teenager im schäumenden, reißenden Wasser.

Zusammen schossen sie durch ihre ersten echten Stromschnellen. Floyd brüllte sich durch das weiße Wasser. Carl spürte, wie er aus seinem Reifen gehoben wurde. Unter Wasser war es beängstigend ruhig, unmöglich zu sagen, wo oben und wo unten war.

Herr im Himmel, sagte Carl bei sich selbst. Es war schön und schrecklich zugleich. Sein Oberschenkel schlug gegen einen Felsbrocken. Sein Rücken stieß auch gegen irgendwas. Er bewegte sich zu schnell. Winzige Blasen waren überall. Um ihn herum war es ganz still, er trieb jetzt unter der Oberfläche oder eigentlich im Inneren des Flusses, und hier konnte man sehen, wie es wirklich war, sagte er sich, hier gab der Fluß seine geheime Wahrheit zu erkennen. Er hatte keine Kontrolle mehr über seine Bewegungen.

Als er endlich wieder nach oben kam – wie durch ein Wunder plötzlich auftauchte –, trieb sein Schlauch ein kleines Stück vor ihm. Er holte auf, schwang sich hinein und glitt wieder im weißgelben Sonnenlicht flußabwärts.

»Heh, Floyd«, schrie er glücklich, ekstatisch, über das tosende weiße Wasser hin.

* * *

Carl fuhr in einen jungen, aufgeforsteten Wald ein. Die Asphaltstraße hörte hier auf und ging in einen Schotterweg über, die Steine spritzten unter den Reifen weg. Sie fuhren durch eine weite Kurve, und Carl sah den Little Nelson zwischen den Bäumen aufblitzen.

»Da bläst er«, sagte er. »Schau mal da zwischen den Bäumen, Louise.«

Louise sah blinzelnd von ihrem Strickzeug auf. Im Schoß

hatte sie einen zu drei Vierteln fertigen Pullover, ein Geschenk für die Enkelin von Freunden, mit denen sie Bridge spielten. Der Pullover hatte ein Strickmuster aus Kiefern und Rentieren – genau das richtige Weihnachtsgeschenk für ein junges Mädchen. Aber Carl wußte, die Enkelin würde es nicht zu schätzen wissen. Sie war irgendwo im Osten auf dem College, in einer Umgebung, in der sie unmöglich etwas mit einem solchen Geschenk anfangen konnte.

»Ich seh keinen Fluß«, sagte Louise, hielt die Stricknadeln hoch und starrte suchend durch das Fenster auf ihrer Seite. Auf dem North Fork Campingplatz löste Louise ihren Sicherheitsgurt, stellte sich dann so hinter dem Wagen auf, daß Carl sie im Seitenspiegel sehen konnte. Er parkte den Camper vorsichtig rückwärts ein, Louise lotste ihn mit äußerster Konzentration zwischen den dicken Stämmen der Douglastannen hindurch. Sie winkte mit den Händen so, wie er es ihr beigebracht hatte, und sah aus wie ein Matrose an Deck eines Flugzeugträgers; in seinem kleinen, hundertachtzig Grad erfassenden Seitenspiegel erschien sie wie ein seltsames Phantasiewesen, das einem gleichgültigen Sonnenuntergang Zeichen zu geben versuchte. Aber das machte ihm nichts aus. Seine erste Frau war nie mit ihm campen gefahren. In den Tagen damals war er viel im Landesinneren gewandert, hatte gefischt. Seine Frau mochte es nicht, wenn er weg war, und sie hatte sich immer gefreut, wenn er wieder nach Hause kam. Der Krebs in ihren Lymphknoten hatte sie langsam getötet. Alles in allem brauchte sie drei Jahre zum Sterben. Er hatte Männer im verschneiten Hunsrück zugrunde gehen sehen, hatte erlebt, wie in Korea Jungen von Granaten zerrissen wurden, und war nach Hause gekommen, um seiner Frau beim Sterben zuzusehen.

Er hatte Louise geheiratet, um nicht allein zu sein – das wußte er, und sie wußte es auch. Es stimmte, sie war zu dick, eine Augenweide war sie nicht, aber was machte das schon? Er hatte sie schnell liebgewonnen, ganz unerklärlich, und er wußte, daß sie ihn in keiner Weise betrügen oder einschränken oder Ansprüche an ihn stellen würde. Sie hatte ihre eigenen harmlosen Vergnügungen. Das Stricken zum Beispiel.

»Ich geh mal kurz zum Ufer runter«, sagte Carl zu ihr, als der Camper ausgerichtet, die Räder mit Bremsklötzen blockiert, die Gasleitung für den Herd angeschlossen und der Wassertank gefüllt war. »Ich bin gleich wieder da.«

Louise sagte: »Gut, aber komm wirklich bald wieder. Ich fang schon mal mit dem Kochen an.«

Sie lächelte ihrem Mann zu. Sie drückte Carls Arm.

»Ist was mit dir?« fragte sie.

»Eigentlich nicht«, antwortete Carl.

»Nicht, daß du mir ins Wasser springst.«

»Nein, nein«, sagte Carl. »Zum Springen bin ich zu alt.«

Darüber mußten beide lachen. Carl steckte sich die Flasche Scotch in die Tasche und ging durch die Bäume zum Fluß hinunter.

* * *

Sie hatten zwei kleine Wasserfälle überwunden. Sie schossen jetzt so schnell den Fluß hinunter, daß es unmöglich war, im reißenden Wasser noch etwas wahrzunehmen. Alles raste an ihnen vorbei. Carl fiel noch zweimal aus seinem Schlauch, Floyd zweimal im ganzen. Als sie durch den Cañon am Pinto Rock getrieben waren und in ruhigeres Wasser kamen, machten sie auf einer Sandbank Pause und streckten sich in der Sonne aus. Carl dachte angestrengt nach. Er war betrunken, und der Fluß war gefährlich. Drei Flaschen Bier waren in den Stromschnellen zerbrochen, aber ihnen blieben immer noch neun.

Sie standen auf und trieben zusammen weiter. Es war unvergleichlich, dachte Carl. Er war restlos glücklich. Bei ruhigeren Strecken legten sie sich lang auf ihre Schläuche, verschränkten die Hände hinter dem Kopf und starrten hinauf in die Berge, die das Tal einschlossen. In den Flußbiegungen schienen die Reifen sich die tiefen Stellen zu suchen – wo die Strömung hinging, dahin trieben auch sie. Es war wie im Märchen, das Wasser sehr kalt und lichtdurchflutet, die Luft unbewegt und warm. Die Sonne stand aber schon merklich tiefer, dichter über den Bergen im Westen.

Bis zu diesem Zeitpunkt hatten sie noch keinen Menschen gesehen, nicht einmal Angler.

Jenseits des North Fork, hinter der Stelle, wo North und Middle Fork zusammenfließen, kamen sie in langsamer fließendes Wasser. Sie öffneten zwei Flaschen Bier, trieben mit den Flaschen in der Hand am Campingplatz vorbei und betrachteten das Ufer.

»Sieh dir das an«, sagte Floyd.

Familien lagerten dort. Plötzlich waren viele Menschen da. Kinder liefen zwischen den Bäumen herum. Picknicktische mit karierten Tischtüchern. Autos und Frauen mit

Babys im Arm. Ein ungefähr vierzehnjähriger Junge hockte auf dem Stamm einer in die Strömung gestürzten Fichte und sah ihnen sehnsüchtig nach. In der Sonne über dem Steilufer saßen Leute, aßen Würstchen und schauten auf den Fluß hinaus.

»Gott«, sagte Carl, dem plötzlich klar wurde, daß er nackt war. »Wir sind schon unten am Campingplatz.«

»Wie kann das sein?« antwortete Floyd.

Sie trieben weiter, am Campingplatz vorüber, vorbei an den bedauernswerten Leuten, die sich dort zusammendrängten, immer weiter stromabwärts, dorthin, wo der Fluß breit und ruhig war.

»Tschüs, ihr Penner!« hatte Floyd gebrüllt.

»O Gott, o Gott«, flüsterte Carl.

Er war jetzt zu betrunken. Sein angeschlagener Oberschenkel fühlte sich taub und unbrauchbar an. Alles änderte sich. Alles war anders. Der Wasser war jetzt grünlich, voller Schlamm und Schaum und Schleim – tiefes, trübes Wasser, häßlich. Jetzt kamen auch Moskitos und Bremsen. Die Schläuche bewegten sich sehr langsam. An beiden Ufern standen reglose Weiden.

»Heh«, sagte Carl. »Laß uns raus hier. Laß uns wieder nach oben zurück.« Aber dann fiel ihm ein, daß sie sich kaum oder gar nicht gegen den Strom bewegen konnten.

»Trinken wir erst das Bier aus«, sagte Floyd.

Er zog den Jutebeutel aus dem Wasser und legte ihn tropfnaß auf seinen Bauch.

»Noch fünf«, sagte er. »Drei für dich und drei für mich.«

Sie tranken pflichtbewußt. Hier im Flachland war es beklemmend still, still und heiß, träge und drückend, zu still.

Carl spürte den Sonnenbrand, die schmerzende, gespannte Haut auf seinen Schultern. Man hörte nichts, nur das Summen der Bremsen.
»Gib mir noch eins«, sagte Carl nach einer Weile. Aber er trank nur, weil er mußte.
Er machte die Flasche auf – und dann, weil sie den ganzen Sommer zusammen im Wald gearbeitet hatten, weil ihre Fahrt flußabwärts nun fast zu Ende war, weil sie zusammen fischen gegangen waren und in derselben Hütte am Rand der Berge wohnten und aus vielen anderen Gründen noch, nicht zuletzt deshalb, weil Carl so betrunken war wie noch nie, erklärte er Floyd nun, er würde notfalls für ihn sterben.
»Hast du das gewußt, Floyd?« sagte er – überdeutlich und viel zu betrunken. »Für dich würd ich sterben. Wenn es sein müßte. Ich mein, im Krieg oder so. *Sterben* würd ich für dich. Nur daß du's weißt.«
»Gleichfalls«, sagte Floyd von seinem Reifen aus. »Ich auch, Carl. Gilt für mich genauso, kannst du mir glauben.«
Im Seichten schlossen sie dann Blutsbrüderschaft. Sie schnitten sich mit einer Flaschenscherbe in die Handflächen und schüttelten sich die Hände wie Soldaten und schworen: »Ich würd für dich sterben. Ich schwör's, Gott verdammt«, sagte Carl. »Teufel, ja«, hatte Floyd geantwortet.
In dem Augenblick waren sie zu betrunken, um verlegen zu werden. Und sie hätten auch nicht gewußt, warum. Erst eine geraume Zeit danach sollte es ihnen peinlich sein – Carl brauchte sehr lange dazu, er war da schon längst in Seattle, und in seinem Leben hatte sich fast alles geändert.
Der Fluß wurde noch breiter und langsamer – als ob das

Flachland sich gegen ihn sträubte. Carl sah tote Arme, Buchten, Marschland und Tümpel – all die Komplikationen eines großen Flusses. Die Sonne sank, die Luft wurde drückend. Es gab keine Bäume mehr. Zuerst waren Marschen und Sumpfgras an den Ufern, dann Brombeerbüsche, und schließlich kamen sie an Weizenfeldern vorbei und sahen Bauern, die in Reihen mit ihren Mähdreschern über die Felder fuhren und den Sommerweizen aberntеten.
Zum Schluß mündete der Fluß in einen See – eine weite stille Wasserfläche. Und dann waren sie *auf* dem See, nicht weit von dem deutlich sichtbaren Damm an seinem Ende.

* * *

Nach dem Essen, als sie abgewaschen und aufgeräumt hatten, ging Carl noch einmal zum Flußufer hinunter. Er ließ sich mit dem Rücken an einen Stamm gelehnt nieder und sah, ohne etwas Bestimmtes zu suchen, auf das Wasser. Was gab's da schon zu sehen? Er trank seinen Scotch entschlossen in großen Zügen – wie Medizin. Er trank die Flasche fast aus. Er hatte ein Bier in seiner Jackentasche; das trank er auch.
Er stand auf und fand einen Felsen am Ufer. Er setzte sich auf ihn und sah auf die Mitte des Flusses hinaus, wo er und Floyd betrunken und grölend vorbeigetrieben waren, flußabwärts, dorthin, wo sie ihre betrunkenen Schwüre getan hatten; flußaufwärts zu der Biegung vor dem Zusammenfluß und weiter hinauf zu dem reißenden Teil des Flußlaufs in den Bergen, wo sie ihre Fahrt begonnen hatten. Es war ein wunderbares Erlebnis, dachte er jetzt. Er

wollte es nie vergessen. Und die lächerlichen Versprechen waren rührend gewesen. Damals wäre er wirklich für Floyd gestorben. Damals war er dumm und jung genug gewesen, so lächerliche Dinge zu tun.

Aber jetzt war es Abend und viele Jahre später. Die Sonne war untergegangen, die Sterne kamen heraus – Stecknadelköpfe in der überwältigenden Dunkelheit des Himmels. Auf dem gegenüberliegenden Ufer war ein Stand Birken vom Frühjahrshochwasser überschwemmt und niedergeworfen worden. Jetzt lagen die Bäume halb unter Wasser, ein Gewirr von Ästen vermoderte langsam und erinnerte an das reißende Wasser des Frühlings.

Carl sah, daß genau über ihm Arcturus stand, der Stern im Zentrum des Himmels.

Hier ändert sich gar nichts, dachte er – auch wenn die meisten Dinge sich schon verändert hatten. Und er wünschte, er hätte Floyd nicht in der Backwarenabteilung gesehen. Er wünschte, es wäre nicht geschehen. Kein Mensch sollte auf solche Weise an die Vergangenheit erinnert werden. Kein Mensch hatte einen solchen Schock verdient.

Er ging zum Camper. Louise und er setzten sich an den Tisch und spielten Rommé und aßen Käsechips. Sie spielten acht Spiele, dann nahm Louise ihr Strickzeug wieder zur Hand. Carl trank nach und nach zwei Dosen Bier. Eine Weile unterhielten sie sich über seine Töchter – eine lebte von ihrem Mann getrennt. Er hatte die Scheidung eingereicht. Den Grund hatte Carl nicht verstanden. Seine Tochter hatte aus Wisconsin angerufen, aus einer kleinen Stadt, wo eine Freundin von ihr wohnte.

Bevor er zu Bett ging, sah er nach, ob das Gas abgestellt

war. Es war zehn Uhr abends an einem Samstag im August. Der Campingplatz war überfüllt: Musik und Stimmen, vorbeirumpelnde Autos, Leute, die lachend hinter dem Licht ihrer Taschenlampen zu den Toiletten gingen. Carl horchte angespannt auf das Rauschen des Flusses, aber der Fluß war zu weit weg, mindestens hundert Meter durch die Tannen.

Sie waren spät gekommen und hatten einen der schlechteren Plätze nehmen müssen, zu weit weg von der Musik des Little Nelson. Carl bedauerte das jetzt.

Im Bett küßte ihn Louise zweimal auf die Wange: »Laß nicht die Ohren hängen«, sagte sie. »Morgen gehst du fischen, Carl. Du hast keinen Grund, die Ohren hängen zu lassen, ja?«

Er sagte ihr, daß er sie liebe. »Ohne dich wär ich verdammt einsam«, sagte er. Er küßte sie aufs Ohr, auf die Nase.

»Du hast Whiskey getrunken«, antwortete Louise. »Du hast getrunken, und jetzt bist du mit Fleischwurst vollgestopft, Carl.«

Carl hatte einen leichten Schlaf. Er war es gewohnt, nachts aufzustehen und sich Gedanken zu machen. Es kam ihm sogar so vor, als schlafe er fast gar nicht mehr, es war, als ob er nicht mehr wisse, wie man schlief. Und das Bild von Floyd im Last Stop ging ihm nicht aus dem Kopf. Vielleicht hätte er doch etwas sagen sollen. Vielleicht hätte Floyd alles erklären können.

Er setzte sich ächzend auf und zog die Hose an. Er war noch immer betrunken, jedenfalls zu betrunken, um stillliegen zu können. Er band sich im Dunkeln die Schuhe zu. Er zog die Jacke über und ging mit der Taschenlampe hinaus. Er fand den Weg zwischen den Tannen, stolperte einmal über einen toten Ast, tastete ein bißchen in der feuchten Dunkelheit herum und kam dann zum Ufer des Little Nelson; dort blieb er stehen und hörte der Endlosigkeit des Flusses zu.

Floyd! sagte er zu sich selbst. *Floyd! Gott noch mal!* Aber dann schaute er nach oben, und da standen Arcturus und eine Million andere Sterne, und alle schimmerten in ihrer geheimnisvollen Art.

Bei dem Anblick fühlte er sich besser. *Laß den Fluß ruhig rauschen und vorbeiströmen*, dachte er, ein Fluß ist am Ende doch nur etwas Winziges, verglichen mit einem Stern. Er fand nicht die Worte, um es sich selbst zu erklären, aber ein Stern schien der richtige Trost zu sein für einen Mann, der auf die Siebzig zuging.

DER BLUMENGARTEN

Als ich jung war – siebzehn –, trug ich Zeitungen aus; ich hatte eine bestimmte Route, die mir im Rückblick vorkommt wie ein Mäandern durch den Frühsommer, eine Pilgerfahrt durch breite alte Straßen unter Ahornen, deren aufbrechende Blattknospen die Baumkronen in einen zarten grünen Nebel hüllten. Die Tasche mit den Zeitungen schlug mir gegen Bauch oder Rücken, ums Handgelenk trug ich eine dicke Ladung Gummibänder, und so wanderte ich allein durch den Ostteil der Stadt, rollte meine Zeitungen im Gehen fest zusammen und warf sie in wohlberechnetem hohem Bogen auf Türschwellen und Verandatreppen. Meine Route führte mich durch ein Viertel, in dem die Häuser groß und still waren, mit weiten, betont gepflegten Rasenflächen unter den knospenden Ahornbäumen. Mir folgten die nachdenklichen Blicke alter Männer, die hinter glitzernden Sprengern standen oder stumm konzentriert Unkraut zupften. Ihre Frauen in Baumwollkleidern und soliden schwarzen Schuhen zogen mit dicken Armen geschäftig Wäsche von der Leine und legten weiße Laken in hohe Körbe. Aus Augen, die vergrößert und wäßrig hinter starken Brillengläsern schwammen, sahen sie mir halb erheitert, halb traurig und melancholisch zu, die Frauen mit hölzernen Wäscheklammern im Mund, die Männer auf Spaten oder Rechen oder Harken gelehnt. Im Vorbeigehen roch ich das warme süße Fruchtaroma der Obstkuchen in den Küchenherden oder den Seifenpulvergeruch, der von den trocknenden Laken aufstieg, oder auch den Duft nach Minze und Zunder, der von zu häufig gemähtem Rasen ausgeht, und ich hörte das zögernde Klingeln von Glokkenspielen im Wind. Kolibris und Eichelhäher sammelten sich an Futterhäuschen, und aus dem blauen Himmel fiel ein goldenes Licht herab, das auf seine Weise die Stille in allem noch vertiefte.

Wenn die Zeitungstasche leer war, lief ich nach Hause, klopfte den Lehm von den Stollen meiner Sportschuhe, rieb die weiche Innenfläche meiner Baseballhandschuhe mit Spezialöl ein, sah nach, ob das Lederband der Fangtasche festgezogen war – stülpte mir dann die Kappe auf den Kopf und lief zum Adams Field, wo die Cardinals den späten Nachmittag hindurch trainierten, streckte mich, wärmte mich auf und machte Übungswürfe, während der Staub aus dem Innenfeld über die unteren Ränge der Zuschauertribüne trieb und Spieler auf dem Weg zu den Bases* die weißen Kreidelinien löschten. Der Catcher mit Beinschienen, Gesichtsmaske und Brustschild gab mir im Schutz seines abgewetzten Handschuhs verdeckte Zeichen. In diesem Sommer lernte ich, einen scharfen Breakingball zu werfen. Ich übte das Hineinrutschen in die Bases, bis ich es im Schlaf konnte, und ich träumte insgeheim von einer Chance als Profispieler, wartete in meiner Vor-

* siehe Glossar Seite 206

stellung in der Box, bis ich nach den Baseballheroen Whitey Ford, Warren Spahn und Don Drysdale an die Reihe kam. Die Sonne flutete über das Spielfeld, und als ich mich umdrehte, um zu sehen, wie die hohen Flugbälle über dem Außenfeld ihren Gipfelpunkt erreichten und dann wieder herabsanken, war ein rotierender Ball von einem Hof aus rosigem Licht umgeben. Ich sah nicht viel mehr als das, was der Pitcher im Adams Field von seinem Mound aus sehen konnte: nur das Spiel um mich herum, einen wirbelnden Zauber, der mich in seine Ordnung, seinen Verlauf, seine Symmetrie und Bewegung einspann, so daß ich im Zentrum eines feinen Netzes aus Regeln und Spielzügen stand, das mich völlig gegen die Außenwelt abschirmte, sie ganz und gar außer Kraft setzte, ihre Schrecken mit so einfachen Mitteln wie einem Bunt zurückwies, der, vom Schläger abtropfend, sauber ins Innenfeld rollte.

Im Juli wurden meiner Route ein paar neue Häuser zugeteilt, und in einem davon wohnte Anna Lewis – ein Mädchen mit schwarzen Ringellocken im Nacken, zwei Leberflecken unten auf einer Wange und unerschütterlichen blauen Augen. Ihr Haus war ein dreistöckiges, mit Schindeln gedecktes weißes Gebäude im Kolonialstil ganz am Ende der Tullis Street, ein hohes Haus mit Fensterläden, das, von der Straße zurückgesetzt, hinter Hecken verborgen war. Anna saß lesend mit gekreuzten Beinen auf einer grauen Steinbank neben einer Sonnenuhr mit kegelförmigem Sockel in ihrem Blumengarten, in dem von Mai bis Ende September mindestens sechzig Arten von mehrjährigen Stauden blühten. Sie las Bücher wie *Krieg und Frieden*, *Anna Karenina* und *Tote Seelen*.

Als ich zum ersten Mal die Zeitung brachte, stapfte ich über den Plattenweg hinter dem zugefallenen Gartentor in der makellos geschnittenen Hecke, rollte im Gehen die Zeitung, sog den Geißblattduft ein und stieß dann, als der Weg einen kleinen Bogen beschrieb, auf Anna, die ihr Buch mit beiden Händen hielt, die Daumen auf die Seiten gedrückt, und nun stirnrunzelnd aufsah. Die blauen Augen erklärten mich zum Eindringling, das Gesicht war gebräunt, die Haut hatte einen klaren dunklen Ton, ihr schwarzes Haar schimmerte, von der Sonne gerahmt. Sie war umgeben von Blumenbeeten, die, halbmondförmig um Bank und Sonnenuhr angeordnet, leicht gegen einen Palisadenzaun im Hintergrund anstiegen; die von Strandsteinen eingefaßten Wege trafen sich in der Mitte des Gartens; dort standen schattige Bäume und eine Laube auf einer kleinen Erhöhung neben einer Miniaturfontäne. Als ich an Anna vorbeigegangen war, warf ich meine Zeitung in hohem Bogen auf die breite Veranda, drehte mich um und kam auf dem Plattenweg wieder an ihr vorbei. Sie sah auf, und unter dem Stirnrunzeln bildete sich ein amüsiertes Lächeln; ihr Gesicht wirkte kräftig und glatt, breit von einem Ohr zum anderen, und es schien mir zu glänzen, als sie das Buch zuklappte, wobei sie den Zeigefinger zwischen den Seiten hielt. Als ich sie betrachtete, schien sich ihr schwarzes Haar im Sonnenlicht wie von allein zu bewegen. Dann richteten sich ihre wachsamen Augen wieder auf das Buch. Sie schüttelte den Kopf einmal, energisch und ohne die Augen zu heben, und ihr dichtes Haar fiel ihr wie ein kostbarer dunkler Stoff in die Stirn.

Genau in dem Moment war ich – das weiß ich jetzt –

getroffen. Die Spitze eines scharfen Gegenstandes schien sich in mein Brustbein zu bohren. Es war nicht so sehr ihre Schönheit oder mein Hang zur Romantik, es war mein Verlangen und zugleich meine Angst vor diesem Verlangen: die Angst vor allem, was ich nun gegen meinen Willen sagen und tun mußte und was doch genau das war, was ich wollte. Was Kampf war, wußte ich vom Baseballfeld – ich kannte den heimlichen, intimen Konflikt zwischen Pitcher und Batter, die Subtilitäten, die entweder im Sieg oder im Schrecken der Niederlage endeten –, aber ich wußte nichts von der inneren Schlacht, in der wir selbst mit siebzehn erkennen, daß die Sehnsucht zwangsläufig Leiden einschließt. Dieses plötzliche Begreifen eines möglichen Verlustes, die Angst davor und Annas Schönheit erfüllten mich ganz, als ich dort stand. Dabei war Anna gar nicht ausgesprochen schön – ihr Gesicht war ein wenig zu eckig, das Kinn zu spitz –, aber für mich, vor einundzwanzig Jahren, war sie schön.

»Das ist ja ein schöner Platz zum Lesen«, brachte ich hervor. Ich war kein Meister des Wortes, aber Worte schienen jetzt notwendig.

»Ja, es ist schön hier«, sagte sie. »Sehr schön.«

Wieder das seltsame Stirnrunzeln, diese Nüchternheit und Ruhe. Sie hatte eine wunderbare Körperhaltung, und sie war höflich. Es traf mich, wie es andere Jungen vor mir getroffen hatte, Jungen, die zu Ehemännern geworden waren.

»Was liest du da?«

»Das? *Madame Bovary.*«

Ich konnte nur nicken. »Hab ich nicht gelesen«, gab ich zu.

»Das lohnt sich aber«, sagte Anna. »Ich mag es sehr.«
»Das ist gut«, antwortete ich, und dann hatte ich jede Verbindung zu den Gedankengängen verloren, die für mich natürlich waren. Ich fühlte mich in ihrer Gegenwart so hoffnungslos und vollständig verwirrt, daß ich abrupt das Thema wechselte. »Die Blumen hier sind schon allerhand. Alles voll von Blumen.«
Sie sah mich mit kaum merklichem Erstaunen an, ich nahm es nur als kleine Lichtbrechung in ihren Augen wahr, merkte es an einem leichten Zucken ihrer Mundwinkel. Sie sah mich an und zog den Zeigefinger aus dem Buch, wo er die ganze Zeit die Seite markiert hatte. Dann erhob sie sich mit einer Anmut, wie ich sie noch nie gesehen hatte; sie wurde zur Verkörperung meiner ebenso rührenden wie absurden Illusionen. Diese Haare. Die Geradheit und zugleich die kühle Gelassenheit ihrer Haltung. Ich stellte auch fest, daß sie sehr lange Finger hatte. Sie war ein Mädchen, an dem viele einzelne Züge bezaubernd waren, obwohl sie im ganzen nicht so richtig miteinander harmonierten.
»Du magst die Blumen?« fragte sie.
»Aber sicher. Wie könnte man die nicht mögen?«
»Wirklich?«
»Natürlich.« Aber eigentlich mochte ich sie gar nicht besonders. Ich hatte mich in einer Unterhaltung verirrt, die mich über die Grenzen dessen hinaustrieb, was ich wirklich dachte. Ich redete einfach drauflos, sagte Dinge, die nicht unbedingt wiedergaben, was ich meinte; ich wollte nur mit ihr sprechen, so viel wußte ich immerhin.
»Sie machen viel Arbeit«, sagte Anna. »Ununterbrochen.

Aber wenn alle mithelfen und wenn man jeden Tag ein bißchen macht und nicht zuläßt, daß sie einem über den Kopf wachsen, merkt man die Arbeit gar nicht. Wenn man's schleifen läßt, wird das Ganze eine elende Schufterei.«

»Das ist bei vielen Sachen so«, sagte ich.

»Eigentlich immer«, präzisierte Anna. »So viele Dinge sind so.« Sie lächelte, ein bißchen altklug, und dann schlugen wir beide die Augen nieder.

Ich verließ den Garten wie auf Wolken, leichtfüßig und erregt, und zugleich war mir schwindlig und übel; ich rollte meine Zeitungen zu fest und gaukelte mir eine Zukunft vor, in der Anna und ich und Blumen die Hauptrollen spielten. In diesem Wahn fing ich an zu rennen, sprang Treppen hinauf, trampelte über Rasenflächen, schleuderte atemlos meine Zeitungen auf Veranden, und die versteinerten alten Männer in ihren Gärten sahen schweigend und verständnislos zu, im Stich gelassen von einem Gedächtnis, das nicht mehr bis in ihre Jungenzeit zurückreichte.

Und so ging die Geschichte weiter: Ich traf Anna fast täglich im Garten; sie las oder pflückte Blumen oder knipste mit den Fingern verwelkte Blüten ab, und an den Tagen, an denen sie nicht da war, spürte ich das Gewicht der Zeit, die zwischen unseren Begegnungen sehr zäh dahinfloß. Nach und nach lehrte sie mich die Namen aller Blumen und erklärte mir, woran sie zu erkennen waren. Tausendgüldenkraut, Fetthenne, Gilbweiderich, ich konnte sie alle nach Form und Farbe der Blüten, Blätter und Stengel unterscheiden. An so ausgefallenem Wissen hatte ich nie zuvor Interesse gehabt, aber jetzt setzte sich daraus eine ganze Welt zusammen. Wir blieben lange bei der Steinbank stehen, ich ließ meine Zeitungstasche fallen, Anna legte ihr Buch weg und fragte die Blumennamen ab, die ich auswendig gelernt hatte. Wir gingen langsam den Plattenweg entlang, knieten neben den Blumen in den Beeten, und Annas Arme und Hände arbeiteten gewandt und kraftvoll, mit runden, natürlichen Bewegungen zwischen den Pflanzen und Stauden, schoben Stiele zurück oder umschlossen Blüten, während die Bienen zwischen Stengeln und Blättern hin und her flogen. Je aufmerksamer ich die Sanftheit und Leichtigkeit ihres Umgangs mit den Pflanzen registrierte, um so aufgeregter wurde ich. Ich betrachtete sie so verstohlen, wie ich die Blumen ansah. Wenn ich sie beim Unkrautzupfen fand – auf den Ballen balancierend, in den Beeten kauernd –, hatte sie Schweißperlen am Haaransatz über der Stirn, wo die Haut ein wenig heller war, und die schwarzen Löckchen im Nacken klebten feucht auf der Haut. Sie erhob sich anmutig und schlug die Erde von ihrem Sommerkleid ab – sie hatte jeden Tag ein anderes an, und alle waren ihr zu groß –, klopfte sich den Staub von den Händen, legte dann die Fingerspitzen an die Hüften und schaute über den Blumengarten hin. Sie trug Sandalen mit schmalen Riemen über Spann und Knöchel; ihre Waden schimmerten in der Sonne, die braunen Schultern und der Hals schimmerten auch, und wenn sie sich in Gedanken an der Kehle oder an der Wange kratzte, blieb ein Schmutzstreifen zurück. Dann ging sie mit ihren fließenden, kontrollierten Schritten den Weg hinunter, leicht, langbeinig und vollständig bei den Blumen zu Hause. All das ließ mich zerfließen. Ich wußte, daß es eine Schwäche war, aber ich konnte es nicht ändern.

Ab und zu sah ich Annas Mutter – sie war mager und schmal im Gesicht, hatte ständig eine Gärtnerschürze an und trug einen strengen Mittelscheitel –, wenn sie den Gartenschlauch hinter sich herziehend über die Plattenwege ging oder mit einer Kanne voll Fischmehldünger auf und ab lief. Immer wenn unsere Augen sich trafen, lächelte sie leise und geheimnisvoll, sprach mich aber fast nie direkt an. Annas Vater, Dr. Herbert Franklin Lewis, war dick und robust und trug Anzüge aus rauhem Stoff. Samstag nachmittags arbeitete er im Garten oder saß mit übereinandergeschlagenen Beinen in der Laube und rauchte friedlich eine Zigarre, hielt ein Glas Eistee zwischen den behaarten Fingern und pfiff unerkennbare Melodien vor sich hin. Er zahlte die Zeitungsrechnungen pünktlich und gab mir immer großzügig einen Vierteldollar Trinkgeld. Dabei zupfte er an seiner Fliege herum und tätschelte die roten Hautfalten am Hals, die in zwei deutlich getrennten Lappen über seinen Kragen fielen. Er war ein großer, sperriger und ernster Mann, der gerne von der Unberechenbarkeit des Baseballs sprach, während er sich mit einem Taschentuch den Schweiß vom Gesicht wischte. Er strahlte Häuslichkeit und Zufriedenheit aus. Heute denke ich, daß er zu einem aussterbenden Menschenschlag gehörte, ein Mann, der nichts für sich selbst will, der seine geheimen Sehnsüchte ohne Selbstkasteiung aufgegeben hat und – um nicht vor Einsamkeit zu verzweifeln – ganz für seine Frau und Kinder und schließlich die Kindeskinder lebt, und das mit einer prächtigen Heiterkeit und Gelassenheit.

Aber meistens waren Anna und ich allein im Garten, und allmählich hielt ich mich dort so lange auf, daß ich zu spät zum Training kam. Ab und zu legten wir uns ins Gras vor der Laube. Eines Tages schließlich drängte ich mich an sie, legte mich auf sie, schmiegte meine Unterarme an ihre Wangen und streichelte ihr Haar. Sie war nachdenklich, unsicher, ihr Gesicht wurde eine Spur blasser, sie sagte nichts; sie schien mich nur forschend anzusehen, als suchte sie in meinem Gesicht nach einer Wahrheit, die sich hartnäckig vor ihr verbarg. Ihre Hände lagen regungslos auf meinem Rücken, knapp unter den Schulterblättern, wartend, unsicher und still. Nach einer Weile aber wurden ihre Augen weniger mißtrauisch, das sah ich, und als ich mich an sie preßte, spürte ich, wie sie mir entgegenkam und die Hüften hob, um sie an meine zu drücken. Es war eine Art Paradies, das wußte ich sogar damals: das Sonnenlicht, das den Garten durchglühte, der bittere, ganz eigene Geschmack von Annas Lippen und Mund, der warme, rauhe Rasen an meinen Armen und Beinen und der atemberaubend schwere Duft von Blumen überall um uns herum, der uns einhüllte und die Welt für immer ausschloß.

Und doch spürte ich manchmal, mitten im Wirbel dieses Glücks, eine Angst, die ich vorher nie gekannt hatte. In meinen Ohren klang hallend und kristallklar das laute Knacken, mit dem der Schläger den Baseball trifft, aber wenn ich den Kopf hob, um zu lauschen, war das Geräusch verschwunden. Ich fühlte einen stechenden Schmerz in der Brust, mir war, als müßte ich nach Luft schnappen, und Anna sah mir beunruhigt in die Augen. Ich stand unvermittelt auf, sagte ihr, ich käme zu spät zum Training, und ging, die Augenbrauen zusammengezogen, das Kinn vorgestreckt. Und während ich dann allein und mühelos durch die Straßen lief, spürte ich, wie in mir eine Veränderung vorging. Je weiter ich mich vom Blumengarten entfernte, je näher ich dem Adams Field kam, um so ekstatischer wurde ich, und bald erschien mir Anna wie ein Traum, schön und still und von Blumen umgeben, aber allem fern, woraus mein wirkliches Leben bestand. Und als ich schließlich auf dem Mound des Pitchers auf dem Spielfeld stand, hatte ich keine Angst mehr, konnte mich nicht einmal mehr an Angst erinnern, und ich warf meine Trainingsbälle in Hochstimmung, ich war im Zentrum der Dinge, in der Radnabe des Baseballfeldes.

* * *

Die Sommersaison kam und ging, die Pittsburgh Pirates gewannen die World Series, die Blumen welkten, zogen sich vor dem Winter zurück, und auf allen meinen Wegen mit den Zeitungen in jenem Herbst raschelten Ahornblätter trocken auf windigen Straßen, verdrehten sich, rollten sich ein und trudelten über den Asphalt. Da die Schule wieder angefangen hatte – es war mein letztes Schuljahr –, trug ich die Zeitungen erst gegen drei Uhr aus. Anna war nicht mehr im Garten (dazu war es jetzt zu kalt), aber abends ging ich sie besuchen, und wir saßen mit aufgeschlagenen Schulbüchern am Kaminfeuer. Der Fernseher war leise angestellt, und Dr. Lewis hatte sich in seinem dick gepolsterten Lehnstuhl neben uns niedergelassen und nickte irgendwann friedlich ein, eine kalte

Zigarre zwischen den Fingern. Mrs. Lewis, in Pantoffeln und einem unförmigen Chenille-Bademantel, schien im Hintergrund ständig verstohlen umherzuschleichen. Die Wanduhr tickte laut, das Feuer knackte und zischte, und Doktor Lewis schniefte durch ein Nasenloch und stieß den Atem keuchend wie ein verstopfter Blasebalg aus. Anna und ich saßen aneinandergeschmiegt im ruhigen bläulichen Licht des Fernsehbildes, weder schlafend noch wach, in einer Art Trance, bis die Uhr elfmal schlug und die Spätnachrichten anfingen. Bei den Nachrichten wurde der Doktor unruhig, setzte sich dann auf, steckte sich die Zigarre wieder an und sah schläfrig zu, die Arme über dem Bauch gefaltet. »Sport«, sagte er zu mir. »Laß uns jetzt mal zuhören.«

Unwichtige Football-Ergebnisse vielleicht oder bedeutungslose Spielerkäufe in fernen Städten oder die Verabschiedung eines verdienten alten Gladiators, der jetzt nicht mehr draufgängerisch und unbefangen genug war. »Er war ein großer Spieler«, lautete der Kommentar von Dr. Lewis, als die Meldung kam, daß ein nicht weiter bekannter Sportler seinen Abschied genommen hatte. »Ein Könner. Ein Phänomen.«

Bei einer anderen Gelegenheit, als wir die Werbung abwarteten, wurde er geradezu prophetisch. »Hab keine Angst vor dem Scheitern, mein Junge«, mahnte er mich plötzlich aus heiterem Himmel. »Die Welt ist voll von Leuten, die bloß vom Erfolg träumen. Nein, laß dich nicht von der Angst vor dem Scheitern leiten. Du hast einen sehr guten, einen sehr guten Wurfarm. Einen guten Arm. Wer weiß? Mit Sicherheit verlieren kannst du nur, wenn du's gar nicht erst versuchst, so jung, wie du bist …« Aber wie er den Satz zu Ende bringen sollte oder was er genau sagen wollte, das wußte er anscheinend selber nicht. Als die Nachrichten vorbei waren, ging er ohne weitere Ratschläge schlafen. Ich hatte das Gefühl, daß er mich mit Absicht vor ein Rätsel gestellt hatte.

»Wovon hat er geredet?« fragte ich seine zu schöne und zu stille Tochter.

»Baseball.« Nur das eine Wort. Dann: »Und dir.«

Wir unterhielten uns noch eine Weile sehr ernst über Dinge, die Kinder lieber in Ruhe lassen sollten. Schließlich, weil sie schon seit langem angedeutet hatte, daß die Worte wirklich nötig seien, sagte ich Anna, daß ich sie liebte. Ich sagte die Worte mit hängendem Kopf und abgewandten Augen. Ich weiß noch, daß Eiszapfen an den Dachrinnen hingen. Es war kurz vor Thanksgiving, und der erste Frost war schon wieder vorüber. Wir saßen nebeneinander auf dem Sofa ihrer Mutter, Anna umschloß mein Gesicht mit den Händen und sagte dann – mit strengen, feuchten und angsterfüllten Augen, deren Ausdruck sogar sich selbst gegenüber ernst war –, sie liebe mich auch. Sie sagte es klar und entschlossen und mit so viel theatralischem Gefühl, daß mir schlecht wurde. Sie wartete darauf, daß ich die Leere füllte, die sich nun ergab, daß ich Gefühl hineinschaufelte – sie starrte mich an, und mir war fast übel vor Unbehagen, ich schwitzte. Ich spürte ihren Atem auf meinem Gesicht und roch ihre Haut und die frisch gewaschenen Haare – so etwas wie ein Beben durchlief mich, das ich zu unterdrücken versuchte, indem ich eine Grimasse zog, eine Parodie sentimentaler Liebe, eine Maske als Entgegnung, ein Bild dessen, was ich weder sein noch werden wollte. Sie lachte nicht darüber, und ich löschte das Licht hinter uns und küßte sie heftig, sehnlich wünschend, damit die fehlenden Worte ersetzen zu können; aber es gelang mir nicht. Ich wußte nicht, was ich empfand, jedenfalls nicht klar genug, um es in Worte fassen zu können, und in dem Hin und Her zwischen den Exzessen von Glück und Angst verbanden sich mit Anna bloß Unsicherheit und Zweifel. Das wußte ich plötzlich nur zu gut.

Als ich danach in der Kälte durch dunkle, nur vom trüben Licht einzelner Straßenlaternen beleuchtete Straßen nach Hause ging, war ich erleichtert, daß dort mein eigenes Bett auf mich wartete. Zu Hause in meinem Zimmer starrte ich an die Decke. Ich wußte nun, was ich empfand, und ich wußte auch, daß ich mich vorher über meine Gefühle getäuscht hatte. Ich kniff die Augen fest zu, bis tausend Lichtfunken in ihnen aufblitzten, und sagte mir hundertmal vor: Ich liebe Anna. Als ich es oft genug im stillen wiederholt hatte, schien es doch noch wahr geworden zu sein, und ich konnte endlich schlafen.

Dennoch war etwas in Gang gesetzt worden. In jenem Winter wartete ich in der Hauptsache auf den Beginn der Baseballsaison. Ich trainierte in der Halle und gab das Zeitungsaustragen auf, um mich auf das Werfen zu konzentrieren. Als der Frühling kam, war mein Arm schon kräftig, auch hatte ich mein Repertoire um einen Knuckleball erweitert. Ein plötzlicher Wärmeeinbruch sorgte dafür, daß der Boden auftaute; das Gras auf dem Spielfeld wurde grün, und nachmittags traf sich die Mannschaft unter einem türkisfarbenen, wolkenlosen Himmel. An den

Abenden ging ich oft zu den Lewis und fand Anna im Garten – wie immer saß sie lesend auf der Steinbank –, und in dieser Zeit, im April, fingen wir an, ein Beet für uns allein mit mehrjährigen Stauden zu bepflanzen.
Ich weiß nicht mehr, wer auf diese Idee gekommen war, aber es kann eigentlich nur Anna gewesen sein: Sie war ganz versessen auf Gartenarbeit und Gärten und auf Bücher, deren Helden nie gelebt hatten und deren Autoren nicht mehr lebten. Eines Abends fand ich mich jedenfalls mit einer Hacke und einem Rechen bewaffnet im Garten wieder; ich grub hinter der Laube ein Stück Rasen um. Wir pflügten den Boden in dem freigelegten halbmondförmigen Streifen dreißig Zentimeter tief um, schütteten die Erde durch ein schräggestelltes Sieb, mischten dann vier Zwanzig-Pfund-Säcke Dünger unter und harkten das Beet durch, bis es eben war. An einem Samstag streute ich eine dünne Schicht Vermiculit auf das Beet, und dann setzten wir uns auf die Steinbank und zeichneten einen genauen Bepflanzungsplan. Am Rand des Rasens sollten Frauenmantel, Heliotrop, Zinnien, Astilben, Schwertlilien, Steinkraut, Vergißmeinnicht und Nachtkerzen stehen. Dahinter stellten wir uns weiße Königslilien und rosa Phlox vor – Spätsommerblumen –, dazu eine Reihe des feinen Pfeifenkrauts. Zum Schluß setzten wir noch Seidenpflanzen, Seifenkraut und ein paar Taglilien dazwischen – genügsame Blumen, die auch auf kargem Boden ohne viel Dünger gedeihen.
Die Sonne sank hinter das Haus, während wir planten und maßen, und allmählich wurde es so dunkel, daß wir unsere Zeichnung nicht mehr gut genug erkennen konnten. Ich

ging nach Hause, aber in der folgenden Woche pflanzten wir jeden Abend Setzlinge aus dem Treibhaus und zarte Ableger aus dem Garten, streuten eine Laubdecke auf den Boden, um das Unkraut von der lockeren, schwarzen Erde fernzuhalten. Mitte April – zu Beginn der Baseballsaison – hatten Anna und ich einen eigenen Blumengarten zu versorgen, und manchmal, wenn ich auf dem Adams Field im Dugout auf der Bank saß und darauf wartete, daß ich zum Einsatz kam, fragte ich mich plötzlich, wann wohl die ersten Knospen zu sehen wären; ich wollte dort sein, wenn die Blüten sich unterhalb der weißen Laube in der Sonne öffneten.

Es war eine erstaunliche, goldene Saison – genaugenommen meine letzte gute Baseballsaison (obwohl sich auch einiges zugunsten der Spielzeiten sagen ließe, die ich seither als Zuschauer erlebt habe). Mein Arm war im Winter kräftiger geworden, und endlich verfügte ich über eine ausreichende Wurfkraft. Ich lernte, konzentriert auf dem Mound zu stehen, den unnützen Lärm der Welt während des Spieles auszublenden, und auch wenn der Batter gefährlich nahe daran war, das Duell mit mir zu gewinnen oder Spieler der gegnerischen Mannschaft auf den Bases lauerten, konzentrierte ich mich unbeirrbar auf meine Würfe. Ich hatte mir nach und nach eingeredet, daß die geschlossene Welt des Baseballs mich letztlich ganz und gar beschützen konnte, und als die Liebe schwieriger wurde, trainierte ich die Subtilitäten des Werfens intensiver – und vielleicht auch verzweifelter. Solange das Spiel lief, war ich sicher, geborgen, aber wenn es endete – wahrscheinlich schlimmer noch, wenn die Spielzeit endete –, kam ich schaudernd zu mir und mußte mich wieder dem Konflikt meiner Gefühle stellen. Es war eine Strategie des geordneten Rückzugs, ja, aber wie viele Sportler werden dadurch zu Höchstleistungen getrieben, daß sie mit dem Leben außerhalb des Spielfelds nicht zurechtkommen? Immerhin führte das alles dazu, daß ich in dieser Saison nach Punktzahl an der Spitze der High School-Liga stand: neun Siege und nur eine Niederlage. Acht vollständige Spiele hindurch war ich der einzige Pitcher unserer Mannschaft, wurde nicht abgelöst, bei drei dieser Spiele erzielte die gegnerische Mannschaft nicht einen Punkt, ich ließ keinen Schlag zu. Der *Clarion*, die Zeitung, die ich im Jahr zuvor ausgetragen hatte, bezeichnete mich im Juni als einen ernstzunehmenden Kandidaten für die Major Leagues.

Zwei Tage nach dem Abschlußexamen der High School riefen die Kansas City Athletics an. Sie wollten mich als Nachwuchsspieler für eine Mannschaft in Chambers, im Norden des Staates, verpflichten. Sie boten mir zweifünfundsiebzig pro Monat plus Spesen und Busgeld. Ich würde als Stammspieler anfangen, und wenn das nicht zu halten war, zumindest als Reservespieler auf der Bank sitzen. Ich sagte sofort zu, machte aus, daß ich mich drei Tage später bei ihnen vorstellen würde, und dann ging ich zu Anna Lewis. Unterwegs rechnete ich mir aus, wie lange es dauern würde, bis ich eine Chance in der Profiliga bekam.

Es war ein drückendheißer Juninachmittag, windstill und schwül. Auf der Steinbank im Blumengarten konnte man den Duft der Gartennelken riechen; hinter der Sonnenuhr reckten sich die roten Blüten des Springkrauts der Sonne entgegen. Annas Buch – diesmal war es *Mansfield Park* – lag offen mit dem Rücken nach oben auf der Bank; in Gedanken an die Kansas City Athletics kam es mir absurd, langweilig und belanglos vor. Ich folgte der Biegung des Plattenwegs zur Laube. Von dort konnte ich Anna sehen: Sie kniete am Rand unseres Beets, trug die fleckige Gartenschürze ihrer Mutter und hatte das Haar zu einem lockeren Knoten gebunden, aus dem ungebändigte schwarze Löckchen hervorquollen. Haarsträhnen hingen ihr über Hals und Ohren; sie arbeitete mit einer Unkrauthacke an der Astilbenreihe, die wir gepflanzt hatten, und warf das ausgerissene Unkraut mit einer winzigen Drehung des Handgelenks hinter sich. Welk lagen die Halme und Blätter in einer langen unregelmäßigen Reihe hinter ihr am Rasenrand, jede Pflanze mit erdverkrustetem Wurzelballen, der in der schweren Hitze schnell vertrocknete und das grüne Gras mit grauen Krumen säumte.

Mehrjährige Stauden brauchen, auch wenn sie vorgetrieben aus dem Gewächshaus kommen, ihre Zeit und machen im ersten Jahr nicht viel her. Unser Garten war noch zu neu und zart, und deshalb blühte kaum etwas; wir konnten allenfalls auf ein paar Vergißmeinnicht hoffen und vielleicht im Spätsommer auf etwas rosa Phlox und ab und zu ein Pfeifenkraut. Aber die Astilben waren wie durch ein Wunder aufgeblüht, es war schon Mitte Juni, und die Sonne näherte sich ihrem Höchststand; die Tage waren lang und heiß gewesen, und den ganzen Monat hindurch hatte es im Morgengrauen einen Schauer gegeben – und nun war Anna eingerahmt von fedrigen Rispen. Ich ging den Rasenhang hinunter und begann das ausgerissene Unkraut aufzusammeln. Mit einem Knie im Gras auf sie zurutschend, ein Büschel Unkraut in der Hand, erzählte ich Anna von Kansas City und Chambers und den Zweifünfundsiebzig pro Monat, die mir die Athletics dafür zahlen wollten, daß ich für sie Baseball spielte. Meine Erinnerung an diesen Augenblick ist klar – rückblickend scheint es mir, als sei dies der Wendepunkt meines Lebens gewesen. Anna stand auf, wischte sich die Schürze ab, klopfte die Erde von den Händen und griff in die Tasche ihres Sommerkleides. Sie hielt mir den Briefumschlag hin; ich ließ das Unkraut fallen, setzte mich auf den Rasen und begann den Brief zu lesen.

Ein College in Pennsylvania, Saint Alphonse, hatte Anna ein volles Stipendium für Literaturwissenschaft angeboten; jetzt wußte ich, wozu all diese Bücher gut gewesen waren. Ich las den Brief zweimal; als ich beim dritten Mal bis zur Hälfte gekommen war, wurde mir klar, daß sie fortgehen würde, daß sie nicht da sein würde, wenn die Saison in Chambers vorbei war und ich nach Hause kam, daß ich im nächsten Sommer, wenn sie nach Hause kam, irgendwo anders spielen würde und spielen wollte und daß dies immer so weitergehen würde und daß wir kaum noch zusammensein konnten. Und schließlich würden wir einander vollkommen fremd werden. Ich wußte nicht, ob ich das wollte oder nicht, ob Angst oder Freude die richtige Reaktion darauf war. Ich liebte sie, solange es einfach war – im Blumengarten –, aber jetzt senkte sich das klebrige Netz der Außenwelt schnell über uns. Und so steckte ich den Brief langsam und umständlich wieder in den Umschlag und legte ihn auf den Rasen und stellte fest, daß ich mich nicht dazu bringen konnte, etwas zu sagen. Ich wußte, daß es von Anfang an nicht richtig gewesen war: Sie war ernst und intellektuell, und es war klar, daß sie aufs College gehen mußte. Und ich war Baseballspieler. Plötzlich sah ich in Anna eine Zukunft, in der Baseball keine Rolle spielte; Baseball bedeutete im Grunde, sie zu verlassen, selbst wenn man die Schwierigkeiten mit der Zeit und der Entfernung zwischen meinen Spielorten und Pennsylvania einmal beiseite ließ. Was wir vor uns hatten, war kein Problem, sondern ein Spiegel, in dem die Wahrheit hart wie ein Diamant aufschien. Die Liebe war zu schwer; die Liebe sagte, daß es nicht nur um mich ging, daß es auch noch andere Menschen neben mir auf dem Planeten gab. Die Liebe war unmöglich, sie verlangte zuviel von einem Jungen. Wir saßen im weißen Licht der Sonne auf dem Rasen, und Anna beharrte darauf, daß die Entfernung kein Problem sei; darin stimmte ich ihr zu, aber ich hatte mich schon weiter von ihr entfernt, als sie begriff.

»Es wird schon gehen«, sagte ich ihr. »Zwischen uns wird sich nichts ändern.«

Aber sie wußte natürlich, daß ich log. Das war so offenkundig wie meine Scham. »Ich werde mich nicht ändern«, sagte sie. Ihre Stimme zitterte, sie sprach sehr leise. »Das schwöre ich. Ich schwöre es bei diesen Blumen, jetzt und hier.«

Sie hatte zu viele Bücher gelesen, aber das sagte ich nicht. »Schwören nützt nichts«, sagte ich. »Wir müssen einfach zusehen, daß wir es schaffen.«

»Aber wie?«

»Ich weiß es nicht.«

»Wer soll denn die Blumen versorgen?«
»Das kann ich ja versuchen.«
»Schwör es!«
»Schwören kann ich nicht.«
»Das hab ich mir schon gedacht«, sagte sie schließlich. »Ich habe es irgendwie befürchtet – gefühlt habe ich es – hier.« Sie legte sich die Hand aufs Herz und ließ sie einen Augenblick dort. »Hier – wirklich hier.«
Aber ich konnte sie nicht ansehen. »Laß mich in Ruhe«, sagte ich. »Okay?«
»Habe ich richtig gehört?« fragte Anna.
»Red nicht so mit mir«, hörte ich mich sagen. »Ich liebe dich nicht. Mit deinem College hat das gar nichts zu tun. Ich liebe dich einfach nicht.«
Als ich das sagte, starrte ich verwundert auf die Grashalme des Rasens. Jeder einzelne Halm war auf einmal auf beunruhigende, vollkommen klare Weise vorhanden; jeder einzelne war von einem stillen grünen inneren Licht durchflutet. Mir kam es vor, als könnte ich mich in diesem Augenblick auf nichts anderes konzentrieren, nur das Gras dieses Rasens schien wirklich zu sein, und als ich den Kopf endlich wieder hob, merkte ich, daß das Schweigen zu lange gedauert hatte, daß Anna nicht mehr bei mir war. Eine Flut von Panik überschwemmte mich, und ich sprang auf, verwirrt, wie im Wahn. Ich sah gerade noch, wie sie auf das Haus zulief, wie sie durch die Blumen lief und dann die Verandastufen hinauf, ihr schwarzes Haar wehte hinter ihr, schien sich mir entgegenzustrecken, als sie durch die Tür hineinlief – und dann war Anna endgültig verschwunden.

* * *

Chambers erwies sich als eine häßliche, staubige Stadt, sie bestand aus einer langen, schmalen Hauptstraße mit ein paar schäbigen Läden, um die sich karge, verwitterte Häuser gesammelt hatten. Eine Art Lähmung schien auf beunruhigende und immer gegenwärtige Art selbst die Gebäude an der Hauptstraße niederzudrücken. Nichts rührte sich außer den trübäugigen Hunden, die manchmal in den verlassenen Schatten ihrem eigenen Schwanz nachstellten, Staub aufwühlten und traurig um sich blickten. Der glühende Sommerwind trug den Schwefelgeruch aus der nahe gelegenen Fabrik in die Stadt, und am frühen Abend roch die Luft nach Insektiziden. Die Menschen von Chambers bewegten sich wie Traumgestalten, sehr langsam und ziellos, aber wenn sie zu den Baseballspielen kamen, waren sie wie ausgewechselt (die Spiele waren wohl so etwas wie die Gebets- oder Erweckungsversammlungen früherer Zeiten). Dann saßen sie auf der Tribüne, fächerten sich Kühlung zu, wischten sich die Gesichter mit den Hemdsärmeln ab, schrien bei jedem erfolgreichen Schlag vor Begeisterung und fielen bei einem Home Run fast in Ohnmacht.

Chambers spielte in der Northern League in einer Doppel-A -Runde, die Saradon und Vicksburg, Oxacala und Merton, Larabee, Burris und Minapee City umfaßte. Der Mannschaftsbus holperte über schnurgerade Straßen, über Asphalt, der aus der Ferne aussah wie eine Wasserfläche, der aber nur voller Risse und Schlaglöcher war, wenn man darüber hinweg fuhr. Unsere Mannschaft bestand zum größten Teil aus austauschbaren Minor League-Spielern, aus Männern, die sich nicht mehr wunderten, wenn sie getauscht oder verkauft wurden, und die ganz mechanisch Baseball spielten, um ihren Lebensunterhalt zu verdienen – von den Hoffnungen, mit denen sie angefangen hatten, war nur noch ein schwacher Abglanz übrig. Manche von ihnen hatten bessere Tage gesehen, in den Major Leagues gespielt, worüber sie nie sprachen, und dann war es mit ihnen stetig bergab gegangen, sie hatten in immer schlechteren Clubs gespielt, als ob es ihre Pflicht wäre, bis zum unvermeidlichen bitteren Ende durchzuhalten. Wir spielten in Staub und Hitze, schliefen in Bussen und glühendheißen Hotels und ertrugen unsere unleugbare Anonymität mit stoischer Gelassenheit. Mein erstes Spiel gewann ich mit viel Bluff und Optimismus, aber dann verlor ich viermal hintereinander ganz übel und fiel aus der Stammaufstellung heraus. Chambers setzte mich dann auch als Auswechselspieler kaum noch ein; die meiste Zeit saß ich kaugummikauend auf der Ersatzbank, sah zu und fragte mich, was ich falsch gemacht hatte.

Man kann wohl sagen, daß ich zu der Zeit aus meinem Traum herausfiel. Die Schale um mich herum zerbrach, das Spiel bot mir keinen Schutz mehr, sondern nur seine wenig bekannte Realität. In meinem Zimmer über dem Laden für Autoersatzteile in der Hauptstraße von Chambers bekam ich schreckliche Alpträume, in denen sich das Vakuum meiner Zukunft als ein schwarzer Abgrund darstellte, auf den ich unweigerlich zutrieb. Ich saß auf der Ersatzbank, vorgebeugt, Ellbogen auf den Knien, das Gesicht in den Händen, die Augen auf den staubigen Boden gerichtet, das Spiel war sehr weit weg – ganze Innings verträumte ich. Immer häufiger dachte ich an den Blumengarten, fragte mich, was wohl gerade blühte und welche Vögel zu den Futterhäuschen kamen. Als die Saison zu Ende war, schien mir das sehr wichtig – hatte unser rosa Phlox geblüht, hatten die Nachtkerzen sich geöffnet, hatte uns das Steinkraut oder der Frauenmantel vielleicht eine Überraschung bereitet? Das Bild dieser verlorenen Welt aus Farben und Licht stand mir jetzt ständig vor Augen, sie erschien mir in gewisser Weise wie ein Heilmittel für die Verletzung, zu der das Spiel geworden war.

Kansas City verlängerte meinen Vertrag nicht, und ich schloß das Kapitel Baseball ab und fuhr nach Hause. Es war, als sähe ich die Welt mit neuen Augen. In meiner Heimatstadt war das harte Sommerlicht milder geworden; der Wind brachte etwas mehr Kühlung als im Hochsommer, und der Morgenhimmel war grau verhangen. Ich wanderte viel herum; auf dem Adams Field hatten jüngere Burschen den Baseballplatz in Besitz genommen, und manchmal saß ich an den Maschendrahtzaun hinter der Grundschule gelehnt da und sah vom Hügel herab ihren Spielen zu. Häufiger grübelte ich über das verlorene Paradies des Blumengartens, und ein-, zweimal ging ich nachts an der Hecke vor dem Haus der Lewis vorbei. Hinter dem geschlossenen Gartentor war nur Dunkelheit, und in einem zur Straße liegenden Fenster flackerte das bläuliche Licht des Bildschirms. Dort saß ohne Zweifel Dr. Lewis mit seiner Zigarre im Lehnstuhl und sah die Spätnachrichten.

Mir kam es so vor, als hätten sich sogar die Straßen in der Stadt verändert; sie waren enger, die Ruhe in ihnen war zu etwas Traurigem geworden – sie schienen verlassen, und ich sah jetzt ungläubig, daß sich in allen Häusern komplizierte Leben abspielten. Ein *Job* muß her, schärfte ich mir ein, wenn ich sah, wie die meisten Männer morgens früh zielstrebig aus den Häusern kamen – aber ich konnte mich noch nicht überwinden, nach einer Arbeit Ausschau zu halten. Ich redete nur, wenn ich angesprochen wurde, und ich war mir sicher, daß die Leute von mir sagten, daß ich gescheitert war, daß ich meinen Traum nicht hatte wahrmachen können. Aber wohin ich auch ging, ich dachte an unseren Blumengarten und nicht an Baseball; vielleicht, sagte ich zu mir selbst, sind die Taglilien herausgekommen oder die Nachtkerzen, die Zinnien könnten geblüht haben. Als der September vorbei war, hatte ich mich selbst überredet, daß unser Garten ein Ort der Vollkommenheit war, und ich wünschte mir nichts so sehr, wie dorthin zu gehen, einmal noch inmitten der Blumen zu stehen.

Eines Nachts im Oktober wachte ich um zwei Uhr auf und wußte, daß der erste Frost gekommen war. Eine schneidende Winterluft flutete durchs Fenster herein, und draußen sah man im Schein des Vollmondes, daß im Garten die Blätter der Pappel alle abgefallen waren. Mir fiel plötzlich ein, daß die Blumen in unserem Garten sich jetzt auf die winterliche Wachstumspause umstellen würden, und ich stand auf, zog mich schnell an, während mir Kälteschauer über Hals, Rücken und Arme liefen. Ich eilte hinaus und stürmte im kalten Mondlicht durch die vom Zeitungaustragen vertrauten alten Alleen zu Annas Haus. Als ich in die Tullis Street eingebogen war, blieb ich stehen und wartete, bis mein Atem, der wie Dampf um meinen Kopf stand, sich beruhigt hatte. Das Mondlicht ließ alles silbrig glänzen – die Blätter an den starren Ahornbäumen, die stillen Veranden, den Rauhreif auf dem Rasen, die Giebel und die Spaliere –, und die Fensterscheiben die Straße hinunter schimmerten wie tiefe Teiche. Der Frost hatte eine feine Schicht gebildet, die unter den Schuhsohlen leicht zerbrach, und der Nachttau hing mattsilbern in perlengroßen Tropfen an den Halmspitzen der Gräser. Die Blumen, dachte ich, sie werden bei diesem starken Frost schon erfroren sein, und dann spürte ich mit Unbehagen einen leichten Luftstoß und zugleich ein Rumoren tief im Magen, und mein Rückgrat wurde steif, als ich weiterging, und die Ohrläppchen glühten vor Kälte. Ich klinkte das Gartentor auf, wie ich es viele hundert Mal getan hatte; hinter der geschnittenen Hecke schienen die Steinplatten jede für sich als gezacktes, makelloses Lichtquadrat auf; das dreistöckige Haus hob sich riesengroß gegen den schwarzblauen Nachthimmel ab – glänzend, vertraut, melancholisch und still, eine uneinnehmbare, mit silberweißen Fensterläden verbarrikadierte Festung, deren lange Giebelbalken im Mondlicht schimmerten.

Vielleicht, sagte ich mir noch einmal, blüht doch noch alles – und dann ging ich vorsichtig über den Plattenweg. Ich kam zu der Biegung; ich kam zur Steinbank; auf dem kleinen Hügel links vor mir sah ich die weiße Laube; ich folgte den ungepflasterten Pfaden bis zum Fuß des im Schatten liegenden abfallenden Rasens, aber der Garten, den Anna und ich gepflanzt hatten, war jetzt nur eine dunkle Masse von Stengeln, die Blumen bis auf dreißig Zentimeter heruntergeschnitten und dick mit im Garten zusammengeharktem altem Laub zugedeckt.

Alles andere war, wie es sein sollte, wie es immer gewesen

war, nur ich hatte keinen Platz mehr darin. Ich war widerrechtlich eingedrungen, um überhaupt dort sein zu können, und plötzlich fühlte ich mich einsamer als je zuvor, verlassener, von meiner eigenen Seele niedergedrückt, von dem, was ich unabänderlich war, und dann kam es mir so vor, als ob meine Anwesenheit an diesem Ort, in der Nacht, unter dem Mond, unwiderruflich den letzten Moment markierte, in dem ich wirklich jung war. Seitdem sind Jahre vergangen, aber noch heute – in Bussen, die einen ins Stadtzentrum bringen, in lauten Lokalen, in startenden Flugzeugen, auf Hochzeiten und im Kino und bei Baseballspielen, wenn diese Augenblicke kommen und das Spielfeld verschwindet und ich mich in der Vergangenheit wiederfinde und ganz in mich versunken bin – überfällt mich dieselbe um sich greifende Einsamkeit, die mich damals unter sich begrub: die Einsamkeit von Jungen, die Angst vor dem Tod und vor dem Erwachsenwerden haben.

GLOSSAR DER BASEBALL-AUSDRÜCKE

Bases	die Male des Spiels
Batter	der Schlagmann der gegnerischen Mannschaft, der den Wurf des Pitchers erwartet
Breaking ball	ein Ball, der vom Pitcher so geworfen wird, daß er hoch anfliegt und sich dann plötzlich senkt
Dugout	die Vertiefung, in der die Spieler und Ersatzspieler sitzen, die nicht im Einsatz sind
Home Run	der Lauf eines Angriffsspielers über alle vier Bases; ergibt einen Punkt
Inning	Spielabschnitt, in der jede Mannschaft einmal am Schlag ist
Major Leagues	die beiden höchsten Profiligen der USA
Mound	die leichte Erhöhung, von der aus der Pitcher wirft
Pitcher	der Werfer der verteidigenden Mannschaft